爆乳たちに追放されたが戻れと言われても、もう遅……戻りましゅうう!

「ねぇ、シン♡」
「シン♡」
「シンさん♡」

『私たちの♡
おっぱいハーレムパーティーに
戻ってきてぇ♡
お・ね・が・い♡』
「……ぼ、ぼく、も、
もどりましゅうううう!」

「今の僕の剣なら――」
「今はただこの力を、剣を――信じるっ！」
「うおぉぉぉぉぉおっ！」

爆乳たちに追放されたが戻れと言われても、もう遅……戻りましゅぅぅ!

著：はやほし
イラスト：やまのかみ
キャラクター原案：海老名えび

GCN文庫

CONTENTS

Bakunyu tachi ni Tsuihou sareta ga
Imasara Modore to Iwarete mo
mou oso...... Modorimashuuu!

序章

冒険者にとって最強の敵とはなにか？

それは魔王かもしれない。

空を舞い、火を噴くドラゴンかもしれない。

もしくは果ての見えない深いダンジョンなのかもしれない。

あるいは――。


ここに一人の、一見頼りなさそうな男がいる。

冒険者になって数年。力を蓄え、数多(あまた)の強敵に立ち向かってきた魔法剣士――名前をシンという。

綺麗な宿の一室。そのベッドの上で彼は今――かつてない強敵と対峙していた。


「はぁい❤　シンさんのおちんちんおっぱいで捕まえちゃいました～❤」

「あ、あっ！　それ、だめぇぇ！」

「へぇ～❤　ダメなんですか？　どうして？　……シンさんのここはたぷたぷされて『あ

ったかいよぉ❤』って震えながら喜んでますよ❤」

悲鳴を上げるもそれだけ。碌な抵抗も出来ず、彼はなすがままその巨大な乳房から与えられる快楽に漂っていた。

股間を満たし、頭を蕩かすその乳肉の揺れ。男なら決して耐え切れない圧力で上下運動を繰り返す淫らな果実。

「や、めぇぇ……むりぃぃ……」

数多の魔物の群れなどとは比べ物にならない強敵を前に、彼が出来ることは多くない。

「ほら、おっぱいちゅーちゅー❤　まだ母乳は出ないけど、どう美味しい？　匂いもたっぷり嗅いでダラーんってしようね❤」

「こっちも大好きなでっかいおっぱいだぞ❤　揉んで、撫でて、摘まんで、しっかり味わえよ❤」

そして、その相手が一人ではなく、いずれ劣らぬ三人の爆乳美女ともなればなおさらだ。

「んんぅ……ちゅぱ……おっぱ、いぃ……」

理性を溶かす乳肉の包囲網。どこを触れても柔らかく沈み込む桃源郷。

「そう、それでいいんですよ❤　おっぱい❤　おっぱい❤　——ぜーんぶおっぱいに任せて気持ち良くなってください❤」

囁かれる慈愛に満ちた言葉。

その裏側にある男を堕落させる本心にも気づかずに——いや、気づかないふりをしながら彼は柔らかな乳を、自分を飲み込もうとするかのように密着してくる温かな肌を貪る。

「シンのおっぱいハーレムだよ❤」

「おっぱい楽しみ放題だぞ❤」

「仲間と一緒に気持ちよくなりましょう❤」

淫らに手招きするサキュバスのような女性たち。その誘惑の言葉は粘つく糸で獲物を捕らえるように彼の体に……心に絡みついて縛り上げて離さない。

「——ぼ、ぼくぅ……❤」

……なぜ彼はこのような状況に陥ってしまったのか？

それは冒険者として生きてきた彼の人生を一変させる、とある人物の一言から全てが始まった。

「——ううぅぅぅぅ❤」

1章　後からなんか言われても、もう遅い

「……え？　今……なんて？」

「聞こえなかったか？　――シン、お前はクビだ」

クエストから帰還した僕たちのパーティー【白き雷光】はその日もいつも通りだった。

ギルドでクエストの完了報告をした後、併設されている食堂で食事をしていた最中、パーティーリーダーである剣士レイドが僕に向けてそんな言葉を言い放つまでは。

「……レイド、冗談だよね？」

新人冒険者から今日までの間、共に苦難を乗り越えてきた僕たち四人。

沢山のクエストをこなしてようやくAランクパーティーになり、そろそろSランクにも手が届きそうな時期。名実共に一流冒険者の仲間入りに近づいていた。

そんな今になってクビだなんて、何かの間違いだろう？

「現実を認めたくないのはわかるが、これは嘘でも冗談でもない。もう一度言う――シンお前はクビだ！」

「な、なんで！　僕たちずっと上手くやって――」

「なんで？　はは、なんでだと？　理由は簡単だ！　シン……お前が弱いからだ！　いいか――」

そして、レイドは愉快そうに僕への不満をぶちまけ始める。

曰く、魔法剣士のお前は剣技が自分よりも弱く、魔法使いほど強い魔術を使えない。

クエストのランクが上がってから、お前の活躍の場は無くなり、剣士は自分一人だければいい、とのことだった。

「――っ！　ね、ねぇ！　レナ！」

リーダーから目を背け、縋るように僕が視線を向けたのは右に座る魔法使いのレナ。

多くの魔法を扱える驚異的な才能を持ち、魔力量の少なさが弱点といえるが、それ以外は確かな実力を持つ女性だ。

夜空のように濃い黒髪は腰まで伸び、空を舞う羽根のような真紅のリボンが後頭部で結ばれている。髪の両横の一房ずつが白く染まっており、弧を描くようなそれは雲から姿を現そうとしている月のように神秘的だ。

整った美貌の中で、特に目を引くのはどこか冷ややかな目つきの赤い瞳。その眼差しは一見近寄り難くも思えるが、その実、彼女は何かと他人の世話を焼こうとする心優しい性格である。僕もこれまでクエスト以外も含めて、多くの場面で助けられてきた。

苦しむ人を見つけたのならば柔和な笑みで近づき、その魔法で精一杯癒す。そんな慈愛に満ちた姿は人々からの尊敬の眼差しを集め、密かに【聖女】などと称えられるほどだ。

加えてレナには人の目線を集める――いや、集めてしまう部分がある。

はためくような紺色のローブ。太腿までを覆ったニーソックス。腰には魔法使用時の媒体である、魔導書が下げられている。問題なのは前を開けたローブの中だ。

白いニットとピンクのスカート。しっかり肌を隠しているのにもかかわらず、ふるんと大きく盛り上がり、主張してしまっている――豊満な乳房。

少し動くだけでゆさゆさと揺れる絶景は男たちの目の保養であるとか、ひと時の癒しだとかと噂されているようだが、当の本人はそういった視線を向けられることに慣れていないようで、恥ずかし気に誰かの後ろに隠れることも多い。

「レナ、わかってるな？　……こいつにハッキリ言ってやれよ」

「――っ！　は、はい……。リーダーの決定、だから……。その、シ、シンの実力は足りてないの……だから、ご、ごめんなさい」

「レ、レナ……？」

「シンはきっと他の生き方で……私たちといなくても幸せに生きれるから……！」

苦しそうに――どこか悲しそうに僕から顔を逸らして呟くレナ。

優しい彼女の見たこともない表情と予想外の返答に呆然としてしまう。

「そ、んな……なんで――」

体がよろめき、頭が揺れて視界がブレる。そして縋りつくように、希望を見出そうとするように、左側に座っているもう一人の女性に視線を向けて呼びかけた。

「ニ、ニーナ……？」

その人物は悲しいというより、どこか困った風に目を細めて僕を見つめ返す。

盗賊のニーナ。

様々なスキルを保有しており、盗みやトラップ解除、鍵開けや情報収集などなど、パーティーを支えてくれるとてもありがたい存在だ。

戦闘では攻撃力に欠けるが、その速度で敵を翻弄する役目を担っている。

赤毛の短髪。頭部の左右の髪の毛がはねて上を向き、まるで猫の耳のようで愛らしい。そして、その目を細めて悪戯気に笑う様も気まぐれな猫のよう。そんな見た目通りにニーナはいつも元気で、僕たちの空気を常に明るくしてくれていた。

男をからかうような挑発的な可愛らしい表情と気さくな性格で、他の冒険者たちからも慕われている娘。そして、たぷん❤

彼女もまた、胸部が大きく張り出していた。……それもレナと比べてより煽情的に。

膝上程度の丈の濃緑の外套は羽織っている。しかし羽織っているだけだ。

体を覆う目的のそれは前や首で留められることもなく、ただ肩にかけられ、隠すというよりも彼女の正面をむしろ強調するかのように外気に晒している。

はっきりと見える外套の下の服装は、むっちりとした太ももが完全に露出したショートパンツと胸の上部と下部を切り捨てたような開放的すぎるチューブトップ。

そのため、胸の谷間はもちろん、おっぱいの半分以上が常時露出しており、男性にとってはかなり刺激的だ。

本人は情報収集に便利だからと気にしていないようだが、男の視線には敏感で、そこに目を向けた者をからかったり、手玉に取ることも多々あるという。

「いや～！　悪い！　……悪いとは思うけどさ。シン、最近よく怪我するじゃん？　リーダーもこう言ってるし、やっぱそっちのほうがいいかなってさ」

レナとは対照的な雰囲気だが、彼女もどうやら僕のクビには反対してないらしい。

「う、嘘でしょ……？」

これは現実なのだろうか。悪い夢じゃないのか。そんな逃避のような思いが過る。

しかし、膝の上に置かれた両手。無意識に固く握りしめられたそこから感じる痛み。これは夢などではないと言い聞かされているみたいだ。

理解できずに俯く僕の正面から、追い打ちのように声が聞こえてくる。

「残念ながら決定事項だ。……あぁ、心配するな。お前の穴を埋める――いや、お前以上に優秀な新メンバーも決まっている！　……おーいファナ、こっちにきてくれ！」

レイドが勝ち誇ったように誰かの名前を呼び、大きく手を振る。するとかなり離れたテーブルから人影がこちらに進んでくる。

現れたのは……このギルドで見たことのない女性だ。

「紹介する、賢者のファナだ。これからはシンの代わりに魔法で活躍してくれる。……もっとも会うことはもうないだろうがな」

「……え？　レ、レイドさん、彼がクビってどういう……!?　珍しい《補助魔法》とやらを使える魔法剣士という話ではなかったのですか!?」

テーブルの近くまで来た女性。ファナさんと紹介されたシスター服に身を包んだ彼女は、状況を呑み込めていないのか疑問符を浮かべた顔で声をあげる。

僕よりもほんの少し大きな身長。腰まで伸びる金髪と優しげな青い瞳。母性あふれる美しい姿。魔法などで使うものなのか、大きな杖が背中に見える。

清楚なシスター服だが、動きやすさのためかスカート部分の右側に足先から腰程まで伸びる長いスリットが入っており、ニーソックスに包まれた美しい美脚が見え、思わずチラリと視線が向いてしまう。

加えて、彼女もレナやニーナと同様――いや二人以上に豊満なたぷたぷんとした胸の持ち主だった。

体にピッタリと張り付くような服に浮かび上がる巨乳は、清廉潔白な賢者の印象からはほど遠く、男を惑わすサキュバスと言われた方が納得できそうな体つき。

「ファナ、気にする必要ないよ。細かいことは後で伝えるからさ。——おい、シン！」

問いかけた彼女を手で制し、ニヤつくレイドは立ち上がって僕を見下ろし言い放つ。

「これでわかったか？　もうお前はこのパーティーにいらない——追放なんだよ！　ほら、出てけ。これから再始動のための打ち合わせをするんだよ……なぁ、みんな！」

俯いて震えるレナ、気まずそうなニーナ、そしてパチパチと瞬きをして混乱したようなファナさん。

レイドに応えることもないが、僕と目を合わすこともない彼女らを順に見回す。

「そっか……もう、僕の居場所はここには——」

言葉と態度で突き付けられたような宣告に自然と漏れる呟き。

そして僕は震える指先で荷物を手繰り、静かに立ち上がった。

「——わかった、今まで……ありがとう」

そして、振り返らずにギルドから出ていく。

背後からは不快に思えるレイドの笑い声が聞こえてきたが——もう、どうでもいい。

こんな状況でいつも通りみんなと同じ宿に泊まることも出来ず、逃げるように急いで別の宿をとった。

そして、明日からの事を考えようとベッドに入ってみたものの、ぶり返してきたような

悔しさや情けなさで思考が働かない。

最低ランクからパーティーを始め、ずっと一緒にやってきた三人に追い出されるなんて。

僕は確かに、剣も魔法も才能あるレイドとレナには敵わないと思っていた。

「これも――この魔法ももう必要ない……か」


――だからずっと三人を支えるため、剣術向上、魔力補正、魔術サポート、俊敏上昇、身体能力向上等のいくつもの《補助魔法》をかけ続けてきたというのに。

戦闘中も、それ以外でもずっと補助魔法を使い続け、良かれと思ってみんなを助けてきた。それが助けになるどころか……役立たずとして追い出されるなんて情けなくて笑えてくる。

僕程度が使える補助魔法なんて、みんなにとってはまるで意味がなかったんだな。

「全て終わり。いや、違うか。……振り出しに戻っただけだな」

ため息と一緒に言葉が漏れて、それを誤魔化すように独り言が続く。

「しばらく一人で――誰にも頼らずにやっていこう……」

宿から見える眩しい星々の輝きを遮るように僕は目を閉じた。

そして、仲間……元仲間へ今までずっとかけ続けてきた全ての補助魔法を解除してから、眠りを待つように天井を眺め続ける。

次第に重くなっていく瞼(まぶた)は苦しみを和らげるように僕を暗闇へと誘(いざな)う。

そして、その日僕は夢を見た。

懐かしい昔の夢を――

2章　今更思い出しても、もう遅い

僕が生まれたのは小さな、とても小さな村だった。

村人はみんな家族みたいな存在で仲良し。

子供が少なかったから、いつも年上のお兄さんやおじさんに遊んでもらって。みんなが色々なことを教えてくれたっけ。

畑仕事をして、たまに狩りをしたり。大人になれば誰かと結婚して子供を育てる……そんな風にして、ずっとこの村で暮らしていくんだろうな。

僕は暢気にそんな未来を思い描いていたんだ。

それが変わったのは五歳の時。

畑仕事を手伝っているとき、掌が突然冷たくなり、体の奥から湧き上がるようなものを感じた。次の瞬間、僕は指先から泉のように水を湧き出させた。

「……お、おい！　シンが……シンがやりやがった！　ま、魔法を使ったぞ！」

隣の家のおじさんが大声で叫ぶと、小さな村が一気に騒がしくなって、みんなが僕の周りを囲んでびっくりしたよ。

それが魔法なんだとその時初めて知った。

何もわからぬまま、自分の体の異変が怖くて震える僕へ、一番お世話をしてくれてたお兄さんが近づいて来てニカっと笑う。

「シン！　……すげえな！　お前、魔法が使えるなんて――なんにでもなれるぞ！」

なんにでもなれる。

きっとこのまま大人になって、畑を耕して、一生を終えると思っていた僕の手元に突然舞い降りた招待状のような言葉。

「なんと！　この村から魔法が使える者が現れるとは……」

「わしらが若い頃に一人おったが……数十年ぶりにその才能に目覚めたのがシンとは驚きじゃ……！」

「おい、シン！　お前魔法使いになれるんじゃねーか!?」

「そうだそうだ！　魔法使いになって冒険者で生きて行けるぜ！」

「男なら一攫千金を夢見て冒険者一択だぜ！　な？　シン！」

「あんたら何盛り上がってんのさ！　シンの事を勝手に決めるんじゃないよ！」

楽し気に笑うみんなの姿が嬉しい。そして、そんなに大騒ぎするほどの貴重な才能がこの僕にあったのだと思うと胸が熱くなる。

「……冒険者かぁ」

独り言の呟きと共に体に生まれた熱。それは初めて感じた高揚感だったのかもしれない。

それから僕は暇を見つけては魔法の訓練をした。

火を放ったり、水を出したり、風を吹かせたり。

行商人のおじさんが売ってくれた決して安くはない魔法の教本をウンウン唸りながら読んで勉強して……そんな繰り返しの中のある日。

「体が……熱い……？」

今までと違った感じの熱さ——温かさが湧き上がる。

これが魔導書に載っていた回復魔法(ヒール)なのだろうか？

「お兄さん……ちょっと魔法を試してみてもいい？」

「ん……おう！　いいぞ、どんとこいよ！」

直感でこれは人を傷つけるものじゃないとわかった僕は、それをお兄さんに放るようにかけて変化を観察する。

「ふむ……？　なんか変わったって気は——いや、ちょっと体に力が漲(みなぎ)るような？　よし、試してみるか！」

そう言ってすぐ近くにあった大きな丸太に近づいたお兄さんはそれを両手で掴む。

「——ふん！」

大木が浮いた。

大人が何人も集まって運ぶような巨大な木をたった一人で持ち上げ、彼は信じられないという顔で僕を見つめる。

「おいおい——すげえな」

そしてくしゃりと笑う。

「……シン。お前の魔法は本当すげえよ！　こんな力……他人の力を強くする魔法なんて優しいお前にピッタリだな！」

お兄さんの言葉が——誰かの助けになれたことが嬉しい。

以来、僕はどんどんその魔法にのめり込んで、人に試し続けた。

効果は力だけでなく、速度や体力、頑丈さまでも増すことがわかり、使うたびに村の人たちに感謝され、僕のやる気はぐんぐん上がっていく。

……たまに頑張りすぎてお母さんに「しっかり休まないとダメよ」って怒られたっけ。

「——魔法だけじゃ舐められるぞ！　男は腕っぷしだ！」

魔法を勉強し始めてからしばらく経つと、冒険者をちょっとやっていたおじさんがでっぷりしたお腹を揺らし、僕に剣を教えてくれるようになった。

最初は重い木剣を上手く扱えず剣に振り回されていた。でも次第に慣れてくると、カンカンと小気味よい音を鳴らすのがとっても楽しかったのをよく覚えてる。

「はぁ……はぁ……い、いいか！　力を貸すだけじゃいけねぇ！　お、男だったら助けを求める人を守ってみせろ！　ふぃ……」

息を切らしながらそう言ったおじさんはカッコ悪かった。――けど、なんだか変にカッコよくも思えた。

それから、僕は村のみんな、お父さん、お母さんの応援を受けて、剣と魔法をずっと鍛えたんだ。


「ふふっ。毎日お疲れ様。まったく、まだまだ可愛い子だと思っていたのに……」

お母さんはのほほんと、そんな風に僕を応援してくれた。

「こんだけ頑張ってりゃ都会に行って冒険者で有名になれるぞ！　……そうだ！　そんでお嫁さんでも連れて来い！　一人と言わず、三人でも四人でもな！　がはは！」

お父さんは豪快に笑いながら背中を叩いてくれた。

「――これは大事な話なんだけどよ……。都会にいる女ってのはすごいんだとよ……！」

「すごいって……なにが？」

剣や魔法が強いってことなのかな？

「――それがよ……みんな美人で……コレなんだよ」

「……これ？」

お父さんは自分の胸のあたりで丸を作るみたいに腕を動かしていた。

「……おっぱいだよ、おっぱい」

「おっぱい？　お母さんにもあるよ？」

「馬鹿たれ！　お前、もっとすげえおっぱいをブルンブルン揺らしてる美人が沢山いるんだよ！　母ちゃん……いやこの村のやつらじゃ敵いやしねえ、とってもでけえ――」

「――あなた？　シンに何を言ってるの？」

「――ひぃっ！」

虫も殺さないほど優しいお母さんがお父さんを引きずり部屋を出て行く。

笑顔なのにとても怖い不思議な雰囲気のお母さんは「ちょっと待っててね」と言い残してしばらく戻ってこず、木刀で木を打ち付けるみたいな音が遠くから響いてきた。

戻ってきたお父さんは涙目でこう言った。

「シン……母ちゃんはステキ、ビジン、イイオンナ。お前もガンバレ」

震える父の姿を見て、女の人を怒らせちゃいけない。そんな事を強く理解した気がする。

……と、ともかく、この村の女の人しか知らない僕にはわからないことだらけだ。

都会の女の子ってどんなだろう？

おっきいおっぱいってどういう事だろう？

……数年が過ぎて、冒険者登録のできる年齢になった僕は旅立つ時を迎えた。

行商人の馬車に相乗りさせてもらい村を出る日。僕を待っていたのは村人総出の見送り。

「元気でやれよ！」「辛くなったら帰って来いよ！」「お前はこの村の誇りじゃ！」「しっかりお食べよ！」「お土産待ってるからな！」「体に気を付けてね！」「しっかりやれよ！　そんでおっぱい大きい嫁さん沢山捕まえて――」「――あなた？」「イテ！　冗談、冗談だから許して――」

その声を背に馬車に乗り込む僕。最後に駆け寄ってきたのはお兄さんだった。

「シン。お前ならやれるよ。人を助けて、誰かの力になって、生きていける。それから――」

茶化すようにはにかんだその顔は今でも忘れられない。

「――楽しんで来い！」

「――うん！」

馬車に揺られるがまま座っていると、村がすぐに遠ざかる。

「都会、か……」

小さな呟きは車輪が回る音に掻き消えていくよう。

こうして僕は生まれて初めての冒険に飛び出した。

おおよそ一月程をかけてたどり着いたのは【ハイルドの町】という土地だった。

見知らぬその土地で、人生で初めて踏み入れる場所の扉を僕は叩く。

「わぁ……こ、ここが冒険者ギルド……」

酒と金属と汗の臭いが混ざったそこで最初に視界に入った人に意識が吸い寄せられた。

どうして見つめてしまうのか理由もわからず、その姿に釘付けとなってしまう。

「……ん？　こ、こんにちは。君も新人冒険者？　私もなんだ……よ、よろしくね？」

キョロキョロしていた田舎者の僕の視線に気づいて近づいてきたその人は、汚れ一つもないようなローブを纏った少女。新人冒険者ってことは同い年かな？

さして僕と身長差のない目の前の彼女だったが、なんだか随分大人びて見えた。

「私レナって言うの。君の名前……き、聞いてもいいかな？」

「ぼ、ぼ、僕は、シ、シンって言いま、しゅ……」

美しい顔を見つめるのも気恥ずかしく、かといってその体をじろじろ見ることも出来ない理由もあり、僕は視線を彷徨(さまよ)わせることしかできない。

そして、そこにもう一人の少女が現れた。

「おーい、レナ！　……ん？　こいつ誰？」

「ちょっとニーナ。初対面の子にそんな口の利き方ダメでしょ？」

「わ、わわ……」

着込んだレナさんとは違い、肌の多くを露出した目のやり場に困る元気そうな美少女。

「へいへーい。……で、これ誰？」

「もう……！　この子はシンくんって言うんだって。私たちと同じ――」

紹介してくれたレナさんの言葉を遮り、ぐぐっと近づくニーナさんは印象と違わず元気な様子で僕を問い詰める。

「――へぇ、お前も新人なんだ!?　なぁなぁ、何が出来んの？」

「そ、その魔法と剣術で……あ、あの、そんなに近づいたら、えっと――」

体の一部が触れそうなほどに近づく彼女にどぎまぎしながら答えると、その言葉に反応してなのかレナさんもにじり寄るようにこちらに進んできた。

「――えっ！　シンくんも魔法を使えるんだ!?　しかも、剣士なんてすごい！　もしよかったらお話聞かせてもらえない？」

「私ら、ちょーど剣士とかの前衛職探してたんだよ」

僕なんかに興味を惹かれたのか、二人は片方ずつ手を握って僕を備え付けのテーブルまで引き連れていく。

「あ、その、えっと……うぅ……」

可愛い女性。柔らかな女の子の手。

そして、見ないようにしても目に入ってしまう豊満な胸。

「シンくん？　顔赤いけど平気？」

「ん〜？　おやおや〜？　もしかして……にしし」

二人が対照的な笑みを浮かべるだけで胸の鼓動が速まり、直視できなくなる。

あぁ……お父さん。あなたの言葉は本当でしたよ。

都会の女の子は美人で、優しそうで——とってもおっぱいが大きいです。

それから、緊張したレナさん、明るいニーナさんと和やかに話をしていると、自然と話はパーティー結成の方向に進んでいく。

途中僕らを見かけて近寄ってきた剣士のレイドも合流し、こうして新人冒険者の僕らはパーティー【白き雷光】を結成したのだった。

それから約三年後、その仲間たちに追放される日がくることなど、この時の僕は思いもしなかった。

扉がノックされ、聞きなれた仲間の声がする。

「……レナ、いいか？」

シンを追放してしまったその日。食事すら碌にとらずに私は早々に宿へと戻った。

そして、そのままベッドの上で身を丸め、なんの変哲もない壁を見つめ続ける。

そうしてしばらく経ち、夜も更けた頃に部屋に訪ねてきたのは一人の少女。

「――あ、うん」

私の返答を待ち、扉を開いて現れた赤毛の女の子――盗賊（シーフ）のニーナ。

「邪魔するぜ」

「……うん」

いつもぴょこんと上向いた頭の左右のはね毛がしおれた花のようにぺたんと下がっているニーナ。彼女の表情は明るさを無理やり張り付けたみたいに影がさしており、どこか悲し気だ。もしかしたら彼女から見た私もそんな顔をしていたのかもしれない。

「はぁ……」

らしくないため息と共に無言のままベッドに腰かけたニーナ。きっとお互い考えていることは同じだろう。

「シン、いなくなっちゃったね……」

「そりゃ……私たちがそういう選択をしちまったからな」

レイドが主導したとは言え、パーティーの総意として決めたこと。それを今更後悔してもう遅いのだ。

「レイドの言い方は問題だったけどよ、シンがついてこれなくなってきたのは確かだろ？　私だってあいつのことは気に入ってたけど、万が一のことが起きてからじゃ取り返しがつかない。仕方なかったんだよ」

「わかってる！　わかってるけど……それでもやっぱり辛いよ……」

気を抜いてしまえば瞳が潤んで視界がぼやけ、涙がこぼれそうになる。あんなことを言ってしまった私に泣く資格などないのに。本当に私は弱い。

そう、ニーナの言う通りここ最近のシンはずっと危うく、悪い意味でハラハラするような状況だった。戦闘中に敵の攻撃で危険に晒されたこと。それは数回程度では済まない。

加えて問題だったのはレイドの態度。私たちのリーダーは後れをとるシンを支えるどころか邪魔者扱いし、まるで巻き込もうとするかのように戦闘を行い続けた。そのせいでシンは日に日に委縮して、剣士であるのに前衛から下がっていった。

レイドの攻撃がシンを掠めたのも一度や二度じゃない。まるで、クエストに乗じて彼を倒そうとしている。そんな穿(うが)った考えすら過る荒く乱暴な戦い方。

今の私はその予想が、あの心臓が握りつぶされるような光景に覚えた恐怖が――決して偶然の産物ではない事を知っている。

「聞いてっか？　……私が言えた義理じゃねえが、あんまりふさぎ込みすぎんなよ。パーティーを離れたからって全てがおしまいってわけでもねえんだしよ。ほとぼりが冷めたらさ、仲直りできるかもしれないぜ？」

「う、うん……。うん、そう……かもね」

気休めだろうが、努めて楽観的な言葉を紡ぐ彼女。ありえないだろうその甘い予想に今だけは浸っていたかった。

「──なぁ、シンと出会った時の事覚えてっか？」

「忘れるわけないよ。大事な日だったんだから。……ニーナは？」

「もちろん覚えてる。レナと知り合って、シンを紹介されて、レイドも来てパーティーを組んだあの日は私にとっても特別なんだからよ」

遠い目。先を見るような、昔を振り返るような。そんなニーナの目はどこか無理をしてるように細められている。

「あの日さ、レナの横でキョロキョロしてるあいつを見て、ついつい年下だと思ったわ」

「──ふふっ、私も思った。身長は変わらないんだけど、なんか怯えてて可愛かったしね」

頭に思い浮かぶ暗い黒髪。光の当たり方によっては緑にも見える素朴な髪色とどこかぼんやりとした茶色い瞳の可愛い男の子。あの日のシンと少し成長して大人っぽくなった二つの姿が脳裏で重なった。

「あいつ私たちの顔とか見てめちゃくちゃ真っ赤になって緊張してたもんな。まっ、こんな美少女二人に挟まれたら当然だよな……必死にここを見ないようにしてさ。くく」

冗談めかして彼女が自身の大きな胸を指さすと、私と同じくらいはある目を引くそれがたぷんと揺れる。

「他の人とはなんか違ったよね。いやらしさがないってわけじゃないけどどっちかっていうと困惑してるみたいだった――ううん、今日までずっと困惑してた」

昔から人よりちょっと大きかった胸を男の人にいやらしい目で見られる事は多かったし、それはきっとニーナも同じだろう。

私はそれが嫌だった。けれどシンの視線は男の子が初めて女の子を見つけて困ってる感じで愛らしくて、全然不快感を覚えなかった。

「そう言えばニーナ。それでからかってシンを困らせてたでしょ？　それも何回も――私に見つからないようにこっそり」

悪戯っ気のあるニーナの行動はいつもの事だが、シンに対してのちょっと行きすぎなからかいを思い出すと、胸中にどこかもやもやとした後ろ暗い感情が浮かんでしまう。

「へへっ、男心がわかってねえな。ありゃフリだよ、フリ。嫌々言いつつも喜んでんだ」

「もう……はぁ。しょうがないんだから」

悪びれずに笑ってみせるニーナ。彼女の屈託のない笑みを見せられては、嫉妬にも似たもやもやも薄れてしまい、釣られて私の顔も緩む。

些細な、そんなしょうもない日常の一幕ですら今は手の届かない宝物みたいに思えた。

「ねぇ、ニーナ。三人だけでクエストに行った日があったでしょ？　パーティーを組んですぐのあの時のこと」

「……ん？　あー、あったな。覚えてるよ。シンが活躍した日の事だろ？」

少し頼りない恥ずかしがり屋な男の子。私たちのそんな共通認識を塗り替えた出来事。

あれはクエストの休息日のことだった――


「――流れで集まったけど……どうしようか？」

未だ出来たてほやほやのパーティーの私たちは休息日にもかかわらずギルドにいた。

レイドはどこかに出かけているようでこの場には三人のみ。休日にやることもなく、かと言って遊びや買い物をする余裕もない懐具合。それを紛らわすように口を動かす。

「うーん、宿でダラダラしてるのもちょっともったいないよね」

「だなー」

シンの言葉に各々の気分を返す私とニーナ。目的もない、しかし冒険者になりたてでやる気には満ちている現状。私たちは何かを探していた。

「なぁ、どうせなら簡単なクエストで金稼ぎでもしねえか？」

「うーん……休息日にあんまり無理するのはちょっと気が引けるけど……」

理性的な思考と胸の中の熱量。その天秤で揺れて迷う私だったが、シンはしばしの逡巡の後、ニーナの言葉に食いつく。

「うん、いいんじゃない？　駆け出しの僕たちだけど、困ってる人の力になれるかもしれないしね！　それに――三人いれば負担もそこまでじゃないんじゃないかな？」

ワクワクとした少年のよう。そんなおねだりするような目で見つめられると聞いてあげたくなる。ちょっとズルいなぁ。

「――うん。そうだね……行ってみようか」

「よっしゃ、決まりだな！　んじゃあ稼ごーぜ！」

調子良く言い放つニーナに先導された私たちは受付に向かい、低めのランクのクエストがないか尋ねた。

「――そうですね。皆さんでしたら……あっ、この薬草採取とかいかがですか？」

「へぇ……薬草採取か。私は問題ないけど……」

呟きながら、男の子はこういう細かくて地味なのはあんまり興味ないかも、とシンを横目で見たが、彼の目は予想に反して輝いている。

「やります！　それでお願いします！」

……彼はなんでこんなに薬草採取に乗り気なんだろ？

「地味だけど……まぁしゃーねーか」

そして言い出しっぺのニーナの方がちょっと嫌そうなのはなんで？

ともかく私たちは町を出て、森の近くまで足を延ばして薬草を探し始めた。

草を見ては選別。薬草をむしってはかごに入れる。簡単そうだが見分ける眼が必要だし、足腰もかなり使う。ダンジョン探索と比べても結構体力を消耗する仕事。けれど地味。

しかし、シンは鼻歌なんかを歌いながらテキパキと屈伸運動をするみたいにしゃがみ込んでは薬草を抜いていく。

「あー疲れたー！」

いち早く弱音を吐いたニーナが地面に仰向けに倒れ込んだ。自分からクエストに行こうと言い出したのにしょうがないんだから。そんな彼女を横目に、私はシンに問いかける。

「あ、あのさ、シン？　聞いてもいい？」

「ふふ～♪　――ん？　なに？」

それは胸の中の思いが勝手に口から洩れていくような感覚だった。

「男の子って冒険とか魔物退治とかが好きな印象があるんだけど、その……薬草採取って地味でしょ？　シンはこれ――楽しいの？」

ちょっと感じが悪かったかもしれない。だけど、そんな風に思っても口から出てしまっった言葉はもう戻せない。

「え？　なんで？」

一瞬過った不安はシンの屈託のない笑みによって消え去った。

「だって、僕がこの薬草を取れば町の人や冒険者たちの怪我、それに毒なんかを治すための手助けができるかもしれない。そう考えるとさ……とっても楽しいよ？」

額から伝う汗、泥だらけの指先、少し汚れた服。そんなことを一切気にもせずに言い放った彼の瞳は子供のように純粋だ。

「僕は誰かの役に——人助けがしたくて冒険者になったんだからね」

そして、どこか誇らしそうに胸を張る姿もちょっと子供っぽい。

「はー……まったくご立派な考えなこって」

その言葉を聞いたニーナは体を持ち上げ、地面に座り込みながらからかい混じりにそう告げる。だが天邪鬼(あまのじゃく)なところのある彼女のことだ、きっと内心では感心してるだろう。

「ふふ……ふふふ……そっか、シンも……」

「……レナ？　どうしたの？」

一方の私は笑みをこぼす。

馬鹿にするでも、面白いわけでもない、込み上げるこの感情の名前を私はまだ知らない。

「なんでもなーい。ほら、沢山集めよ？」

彼から視線を逸らし、地面とにらみ合う。

胸の鼓動と火照ったような顔に気づかないふりをしながら。

しばらくそうしてのんびりと薬草を探していた時にそれは聞こえた。

「──れ──だれ──か──！」

女の子。声の高さからして子供の悲鳴。それが森の中から私たちの下に届いた。

何か危険が起きている？

野盗。魔物。何かしらの災害。ええと、ええと、こういう時は──

「レナ、ニーナ。あっち！　急ごう！」

逡巡する私たちを置いて、シンは走っていく。

「シン──ま、まって！」

「おいおい、ちょっと落ち着けよ！」

危ないかもしれない。まずは状況をしっかり見極めるべきでは。戸惑いながらもどこか冷静な私の頭の一部からそんな声が響く。

ニーナも同様の考えで彼を引き止めようとしたのだろう。

けど口ではそう言いつつも、私もニーナも彼を追い、走り出す。

声の出どころにはすぐに着いた。そこで私たちが見つけたのは二人の人間。

肩を怪我しているのか苦悶を漏らして倒れ込んだ大人の男性と、その体にぎゅっと抱きついて声をかける少女の姿。

「グルルゥゥ……」

そして、その二人を見下ろして息巻く魔物――岩のような筋肉で全身を覆う、赤い肌の巨体。鋭く尖った二つの角を空に伸ばす姿は間違いなくオーガだった。

ゴブリンやオークよりも上位のその魔物は、ある程度経験を積んだ冒険者がパーティーで立ち向かってやっと倒せるほどの強大な存在で、実物を見るのは私も初めてだ。

冒険者になりたての私たちにはあまりに高い壁。

誰か、助けを呼ばなくちゃ――

「レナは治療を！　ニーナはその護衛！　オーガは――僕がっ！」

思考と恐怖で足を縫い留められて動き出せない私の視界に映ったのは、こちらに指示を放ち、怯(ひる)みもせずに格上の敵に走り出す男の子の背中。

「う、うん！」「まかせろ！」

可愛い、頼り無い、同い年とは思えない。私たちが思い込んでいたそんなシンはどこにもおらず、ただ勇敢で誰かのために命をかけられる強い冒険者がそこにいた。

「うおおおぉっ！」

飛び出した彼の剣が鋭くオーガの右腕に当たるも、硬質な音を立てて弾(はじ)かれる。鉄よりも硬いその肌がこの敵の厄介なところの一つだった。

「こっちだ！」

そんなことは最初からわかっているとばかりに、らしくない大声をあげて魔物を挑発するシン。狙いは明白。襲われていた二人から意識を逸らさせ、少しでも距離を取るため。

――彼がそうするならばこちらのやる事は一つしかない。

ニーナと目配せしあい頷き、早足で被害者の下に向かう。

「もう大丈夫です！　今治しますからね……《回復魔法(ヒール)》」

「う、ううぅ……」

腰から下げた魔導書を開き、痛みに喘ぎ、混濁している男性の右肩に暖かい光を当てる。

想定していたよりも深い傷。これをしっかりと治癒するのは少し時間がかかりそうだ。

「お、お父さん……！　あの！　お父さんは大丈夫なの……？」

「うん、平気だよ。お姉ちゃんは魔法使いなの。ちゃんと助けられるよ」

「このお姉ちゃんに任せとけ。こいつすげー魔法使いなんだぜ」

努めて明るく返答する私たちの言葉を聞いても、当然ながら少女は脅えや恐怖をその顔に張り付けたままだった。そして期待と不安が合わさった眼差しでオーガを――それに立ち向かう剣士を見つめる。

「――《火弾(ファイアボール)！》……くっ、駄目か……なら、はあああぁっ！」

視線の先、魔法と剣による攻撃を繰り返すシンだが、彼の猛攻も強大なオーガにはあまり通じていないようだ。

「おいシン！　無茶は――」

「僕は平気だから！　そっちをお願い！」

振りかぶる剛腕を辛うじて避けて叫ぶが全然平気には見えない。

しかし、ここで私が手を出してこの父親の回復を疎かにするわけにはいかないし、盗賊であるニーナでは力勝負の魔物に太刀打ちなどできない。加えて、彼女は回復に専念している私や親子を守らなくてはならず、下手に加勢して矛先がこちらに向いてしまえば身を挺して前に進んだシンの意思を無駄にする。

何もできない。仲間なのに彼の力になれない無力な自分が恨めしい。

「ちっ……」

同じような気持ちなのか、憤りを紛らすようにニーナも舌打ちをする。

「くぅっ。こ、このくらい！」

岩をも砕く拳が彼にかする。大した被害じゃない風を装うが、そんなはずはない。はずはないのになんで――なんであなたはそんなに頑張れるの？

「お、お兄さん――」

父親に抱きつく少女のか細くも強い意志を含んだ囁き。

「――がんばってぇぇっ！」

たった一つの言葉。それがきっかけだった。

「――うおおおっ！」

声援を受け止めたシンの、体に満ちた魔力の流れが変質したような気がした。

少女の声に背中を押されるように勢いを増して力強く叩きつけられた彼の剣が、先ほどまで弾かれていたオーガの皮膚に初めて傷をつける。

「ガァァァッ！」

先ほどまで自分にかすり傷ひとつつけられなかった人間の攻撃。それを受け止めた魔物は、突然の痛みに苦しげな叫びを上げ、目標も定めず抵抗し、暴れるように腕を振り回した。

しかし、それを完璧に見切ったようにかわすシンは攻撃の手をゆるめない。

腕、胴、足、頭。小さな傷跡をいくつもつけてはオーガを追い詰める。

その連撃は優秀な剣士であるレイドよりも速く、鋭く、敵の体に蓄積していく。

そして、

「これで、トドメだぁぁぁっ！」

地面を震わすような叫びとともに縦に真っ直ぐ振り下ろした渾身の一撃。それはオーガの体を真っ二つに分かつ。

「ガァ……」

何をされたのかわからないといったような呻きを漏らした巨体が割れ、大きな音を立てて左右に倒れる。

「はぁ……はぁ……」

シン自身も何が起きたのかわかっていないように、荒い息を吐き出して魔物の骸を見つめていた。

「倒した……？　僕が……？」

駆け出しの冒険者がオーガを倒す。ありえないその結末を信じられないのか、彼は自問自答するように呟く。

「こいつ、やりやがった！」

「すごいよ、シン！　オーガを――」

喜びを堪えきれずにそう叫んだ私とニーナ。彼は私たちへと振り向いて小さな笑みを浮かべた直後、体をふらつかせた。

「――シン！」

ようやく一段落ついた父親の治療を終えて駆け出し、その体を支えようと手を伸ばすと、シンは私に覆い被さるように体重を預けて倒れ――そして、ぽふん❤

「きゃっ！」

遊び疲れた子供が突然眠るように私の胸へと頭を預け、そのまま意識を失った。

「シ、シン！　平気？」

慌てて瞳を閉じた彼の顔を両手で持ち上げると、微かに上下しているのがわかる。

「寝息……だな？　まったく驚かせやがって」

「大丈夫そう……かな？　け、けどこんなボロボロになって……《回復魔法(ヒール)》」

ニーナも近づいて彼に異常がないことを確認する。

しかし、よくよく見れば戦闘の痕跡か、そこら中傷だらけ。それを癒すために私は魔法の光で彼を包んだ。

「すー……うぅん……おっぱ……」

「えっ！　ちょっ――」

そうこうしているとシンの頭がすりすりと甘えるように私の谷間で震える。

「へへ、母親に甘えるガキみてーだな」

ドキドキするし恥ずかしい――けど、今は……今だけはしょうがないかな？

こうして、おっきい赤ちゃんみたいになったシンを抱きしめながら地面に腰を下ろし、しばし私はそのまま揺り籠の役目を務めた。

そして、しばらく経ち――

「ん……んんぅ……もが……？　ふぇっ！　ぼ、僕は――」

彼が目を覚まし、顔を持ち上げる。

胸元に顎を乗せ、こちらを見上げる彼は状況を測りかねているのかポカンとしていた。

「おはよ。気分はどう？」

「随分ぐっすりだったじゃねえか？　レナの乳枕の寝心地はどうだったよ？」

「ちょ、ちょっと、ニーナ！　言い方！」

「レナ……ニーナ……？　えっと――あっ！　ご、ごめん――」

熟れた果実のように真っ赤。そんな感想が真っ先に浮かぶくらいシンの顔は瞬時に朱に染まっていく。

「無理しちゃ駄目。ほら、もうちょっと休も？」

「そうだそうだ。たっぷり堪能しとけって。役得ってやつだな」

「そん――ふがぁぁ――」

動揺する彼の様子が面白くなり、離れようとする頭を両手で引き寄せ胸に埋めさせる。

痴女みたいな行動だけど今くらい許して欲しい。

シンもシンで抵抗しようとしてるのは口だけで、体はピクピクしてされるがままだし嫌ではないのだろう。

「頑張ったね……よしよし」

そのまま頭を撫でてあげると痙攣みたいな体の震えも止まり、ふにゃりと脱力する。

「ふふ、気持ちいい？　戦ってる時はとってもかっこよかったけど、今は可愛いね」

「ほんとだよ。さっきのあれと同一人物とは思えねえな」

「もう、ニーナってばこんな時まで……」

そんな風に軽口を交わしながらも頭にはちょっぴり邪な気持ちが浮かんでた。

「──ずっと、こうしてたいな」

「んー？　何か変な言葉が私の耳に聞こえた気がしたけど……気のせいかー？」

「ち、ちがっ！　今のは違うから！」

おちょくるようなニーナの言葉にようやく我に返り、シンの頭を離す。

「──あ、あの……」

そしてその瞬間を見計らったように、すっかり顔色が良くなった父親が私たちに声をかけてきた。もうちょっとこのままでいたかったのにな……。そんなちょっとした不満を胸に押し込み、声のした方へ顔を向ける。

「この度はお助け頂き……なんと感謝したら良いか……」

一瞬でも恨めしく思ってしまった自分が恥ずかしくなるような誠意に満ちた感謝の言葉と、深く下げた頭。自分よりかなり年上に見える男性のその姿を見て、咄嗟に言葉に詰まる私とニーナに代わって口を開いたのは数秒前まで脱力していたシンだった。

「そ、そんな！　顔を上げてください。冒険者として当然の事です。それに……お二人がご無事で僕も嬉しいです」

あれだけの戦いを繰り広げても驕る事なく、彼はそう言って男性の顔を上げさせる。

「娘を……私を救っていただいたお礼はこの身に代えても必ず……」

男性は喜びに震えながら目尻から涙を溢し、英雄を見るような瞳で私たちを見つめた。

「……魔法使いのおねーさん、エッチな恰好のおねーさん……ありがとう！」

「へ？　エッチな恰好って私のことか⁉　そ、そんなことねーよ！　……ねーよな？」

その後ろからトテトテと前に現れた少女が感謝と共に順番に私たちを眺める。

「ふふっ、確かにそうね。エッチなおねーさん？」

「こ、これは盗賊として普通の恰好だぞ！　それを言ったらレナだってそんな胸を強調するみたいなパツパツの服でエッチじゃんかよ！」

「ちょ、ちょっと！　これこそ魔法使いの伝統的な服だもん！　ほんの……ほんの少し大きさが合わないんだから仕方ないでしょ！」

ぎゃあぎゃあと争う私たちが面白いのか少女は笑う。そして目線を最後の一人に向けた。

「――それとおにーさん！　怖いのをやっつけたの……とってもかっこよかったよ！」

少女は言葉の勢いのままシンの腰にぎゅっと抱きつき、言葉を続ける。

「ありがと！」

「えっと……ど、どういたしまして」

　少女の抱擁にされるがままのシンは照れ臭そうに鼻をかく。

「——あっ！」

「はは、やるじゃねえか」

　私は突然の行動に驚き、ニーナは面白がり笑う。

　少女はキラキラと瞳を輝かせて、おとぎ話の王子様でも見るかのような瞳で目の前の剣士を見つめる。

　——感謝しながらこんなことするなんてこの子……侮れない！　……それにズルい！

「私、おっきくなったらそこのおねーさんたちみたいに綺麗でおっぱいもおっきくなって、おにーさんと結婚してあげるから！」

「け、結婚⁉」

「くくっ。だってよ。シン、どーする？」

　ちょっとニーナも煽らないでよ！

「そっか。じゃあその時を楽しみにしてるね？」

　ちょっとシン。子供相手の軽口とは言えそんな事言ったらダメだよ。本気にしたらどうするの⁉　というか何で私、子供に嫉妬してるの⁉

「絶対、絶対だからね‼」

「こらこら！　助けてくれたお方に滅多なことを言うんじゃない！　娘が申し訳ありません、剣士様」

焦った父親が少女を引きはがし、ようやく話は終わった。

離されて少し頬を膨らませた少女と、依然ニヤニヤしてるニーナ。私は気が気じゃない。

「か、可愛らしい娘さんの言葉ですからそんなお気になさらずに。――ね？　シン」

「ひっ！　う、うん、そうですね！」

気を遣ってなるべく穏やかに、優しい笑みを作ってそう返した私だが、なぜかシンはそんな私の表情を見てちょっと脅えていた。――どうしたんだろう？

それから、オーガみたいな魔物がまた出ることもないだろうが、安全のため親子を引き連れて【ハイルドの町】まで帰還することにしたのだった。

――ベッドに並び、思い出話に花を咲かせる私たち。そして、あの時と同じようなニヤけ顔でニーナが口を開く。

「……そういやあの日、ギルドに帰ってからレナはおかんむりだったな」

「それは、だって……あっ！　そうだ、ニーナがあんなことするから！」

オーガの討伐時、何もできなかった案山子(かかし)同然の盗賊(シーフ)。それが今回の私を端的に表す言葉だろう。

勇敢に戦ったシン。父親を必死に治癒していたレナ。

私だって役割は果たしたと思うけど、それでも忸怩(じくじ)たる思いは募る。

歩いて数時間。町に帰り親子を馬車乗り場に送り届けてギルドに向かった私たちは食事を取ることにした。

受付へクエスト完了とオーガ討伐の報告をしに行ったレナを見送り、私とシンはテーブルに向かい合って座り、一息つく。

「簡単なクエストかと思いきや予想外だったなー」

「うん、本当そうだね。でも何とかなって良かったよ……」

「まぁ、オーガ討伐までしたんだ、報酬も多少出るだろうし今日は贅沢しようぜ！」

明るくそう言う私の顔をじっと見つめてくるシン。その表情はどこか変だ。

「どした？　何か言いたげに見えるぜ？」

「あ、えっと、その——ニーナ、今日はありがとね」

「へ？　何のことだよ？」

質問を重ねる私に対し、言葉を探すようにシンは口をゆっくりと動かす。

「オーガと戦ってる時ニーナが他の三人を守ってくれなかったら、僕はあんなに集中して戦えなかったと思うからさ。それに、そもそもニーナがクエストに行こうって言わなかったらあの親子を助けることもできなかった。だからさ——ありがとう」

「——そ、そっか……どういたしましてだな」

こちらを気遣うわけでも、気休めでもなく、そう素直に告げられると気恥ずかしい。

「あれ？　ニーナもしかして照れてる？」

「べ、別に照れてねーし！」

「はは、そう？」

くそ。いつもからかってるお返しかこんにゃろ。

やり返されっぱなしは性に合わねえ。なにか……なにか——あっ、そうだ。

「おい、シン——ちょっとこっち見てみ？」

そう言って、呼びかけると愛玩動物のように素直な視線がこちらに向く。

それを確認して——

「——ほれ❤」

胸を僅かに覆い隠す布を少しめくる。

「ちょっ——」

自分で言うのもなんだが、かなり大きなおっぱい。男がみんなジロジロ見る魅力的な膨

らみ。大事な部分だけが見えないように少しだけ隠したそれは、自分でもいやらしく思えるほどのものだ。

「遠慮すんなって。ほれ、あれだ……頑張ったご褒美だよ❤　嫌いじゃねーんだろ？」

からかうように告げ、胸をたぷたぷと揺らすと、シンは手で顔を覆い隠しながらも隙間からチラチラ見てやがる。今日のレナとのやり取りでのこいつの態度で思いついたちょっとした仕返しだったが、効果覿面みたいだな。

「ニ、ニーナ……やめ——」

「たくっ、どーしたんだよ？　さっきはレナの胸に埋まってたんだから、それに比べりゃ別に大した事してないだろ？　ただちょっと——」

言葉を無視するようにたぷたぷ、たぷんたぷんと乳を揺らす。それだけでシンの口は止まり、代わりとばかりに顔が真っ赤に染まってく。

「——胸が揺れてるだけじゃんか❤」

石化の魔法でも食らったみたいに体をピンと硬直させる様に何故か嗜虐心が沸き上がり、言葉が止まらなくなる。

「いっつも一緒の仲間。普段通りの恰好の女がいるだけだぜ？　なーに緊張してんだよ❤」

なんだ。なんか、これ……その……すげぇ楽しい。

他の男たちもみんなこれに見惚れる。それは毎度のことだけど、シンの反応が初心すぎてもっといじわるしたくなる。

冒険に邪魔なこんな脂肪に興味津々で……男ってやつはバカだなー。でも、まぁ——

「ほれほれ、仲間をちゃーんと見なくちゃダメだぜ？　そんな手なんかどけろって❤」

——悪くない。

ガタリと椅子を引いて席を移り、シンの真横、体が密着しそうな程に近づく。

周囲で飲み食いしてる奴らは自分たちの話や酒に夢中。誰もこちらに目を向けやしない。

この状況に焦っているのはただ一人だけ。

「なぁ、そんな深く考えんなって。こっちこっち❤　ふぅー❤」

「ひゃっ！」

耳に囁き、息を吹きかけると面白いくらい体を反応させる。そして勢いでその顔がこちら——おっぱいに向く。

「あっ……ニ、ニーナ——」

追い討ちをかけるみたいに胸を揺らしてやると視線が完全に固定される。

普段は必死で我慢してんだろーな。まっ、頑張った時くらい目の保養ってやつをやるのも悪かねーだろ。

「どーしたよ？　何か——シたいのか❤」

たぷんと差し出すように両腕で寄せ上げた胸を眼前に持っていってやると、ビクリとシンの腕が跳ねた。

「ほら、言ってみろよ❤　ん～？」

汗が噴き出す額。泳ぎながらも最終的に一箇所に向けられる視線。そして、小刻みにピクピク震える指先。

観察が得意な私じゃなくてもバレバレな反応。こいつの望みは手に取るようにわかった。

「この胸な？　レナよりはちょっと小さいけど、あいつより弾力あるんだぜ❤」

下から回した人差し指でそれを証明するように突くと、シンの指先がピンと伸びきる。

「頑張ったご褒美❤　勝利の報酬❤　そういうことにしとこーぜ？　ほら、シたい事ヤりたい事なんでも言ってみ❤」

「で、でも……」

男なら抗えないだろう二つの豊満な果実。それを見せつければ行動や思考を誘導することなんて簡単だと思っていたが……。

「……ったく、シンのくせに随分粘るじゃねーか❤」

初心なのにこいつは他の男たちとはやっぱり違う。優しいっていうか、ヘタレっつーのかは微妙だけど。

まぁ、それならそれで、もうちょっと背中を――いんや、胸を押してやるか❤

体を前に傾けて、ギリギリ、ほんのちょっとだけ互いの胸が触れる位置まで近づき、

「そんじゃ――ほれ❤」

ふにゅん❤

「――どうよ❤　私の胸、柔（やわら）けーだろ？」

こいつの体に少し胸の気持ちよさを教える。

「なぁ、もどかしくねーか？　こんなちょっとじゃなくって――もっと知りたいだろ？」

追い詰めるように小さく体を揺すり、弾力をぽふぽふと味わわせる。

シンの息が荒くなり、泣き出す直前みたいに目が赤くなる。

ここで、もう一押し。

「なぁ、私……こんなことお前にしかしてないんだからな？」

思わせぶりな言葉と男の自尊心をくすぐる甘い誘い。

――もっとも、普段の情報収集だとかの時も、ちょっと見せたり媚びるくらいがいいとこで、触らせたり当てる事なんてしないから本当っちゃ本当なんだけど。

「言っちゃえよ？　ここ――どうしたい？」

耳にまとわりつかせるように息を多く含んだ私らしくもない甘い声音。

「ニ、ニーナ……ぼ、ぼくぅ……」

――堕ちた❤

からかうためとは言えちょっとやりすぎかなと思わなくもないけど、まぁ、良いだろ。

「触るか？　埋まるか？　それとも、もっと……？　ほれほれ❤」

シンに気づかれないようにほんの少し呼吸と鼓動を速めながらその瞬間を待つ。

そして、聞こえたのは――

「――二人ともお待たせー！　……って、ニーナ！　な、なにしてんの！」

――レナの足音と焦り声。

「あ～あ、こっからが面白いとこだったのによ」

それが聞こえた瞬間、私はシンの体から離れて、作り上げた蠱惑的な雰囲気を消し、いつもの明るさで取り繕う。

「え……？」

お預けを食らった形になったシンは目を丸くして、ぱちぱちと大きな瞬きを繰り返す。

まったく――もたもたしてたお前が悪いんだからな？

「ふ、二人きりであんな近づいて何してたの!?」

「べ、べつに！　な、な、何もしてないよ!?」

悪事を自白するようなシンの返答に顔を曇らせたレナはジト目で私を睨む。

「細けーこと気にすんなって！　自分だってさっきシンをそいつで挟んでたんだから言いっこなしだって！　くふふ」

「あ、あれはそういうんじゃ――」

顔を傾けて片目を閉じ、舌を出しながらバカでかい胸を指さすと、レナは嫉妬に満ちた顔を赤く染め、思い出したように羞恥を見せる。

こっちもそっちも……からかいがいがあるお仲間だ。

まっ、あんまりおかんむりになられてもあれだし、ご機嫌くらいとっとくかね。

「ほい、レナ。ここ座れよ」

「う、うん……」

シンの横の席を譲るため立ち上がると、釈然としない表情ながらも少し嬉しそう――動物が尻尾を振るみたいな雰囲気を感じさせながらそそくさとレナはそこに滑り込む。

これでバレてないって思ってんだから驚きだ。

そして離れる前にシンに一言。

「――ご褒美はまた今度な?」

そうシンの耳に囁いたら、またびくりと体が跳ねた。

「……シン？　ニーナ？」

「にゃ、にゃんでもないから!?」

「くふふ❤」

さてさて、もうちょっと遊んでたいけど、とりあえず――

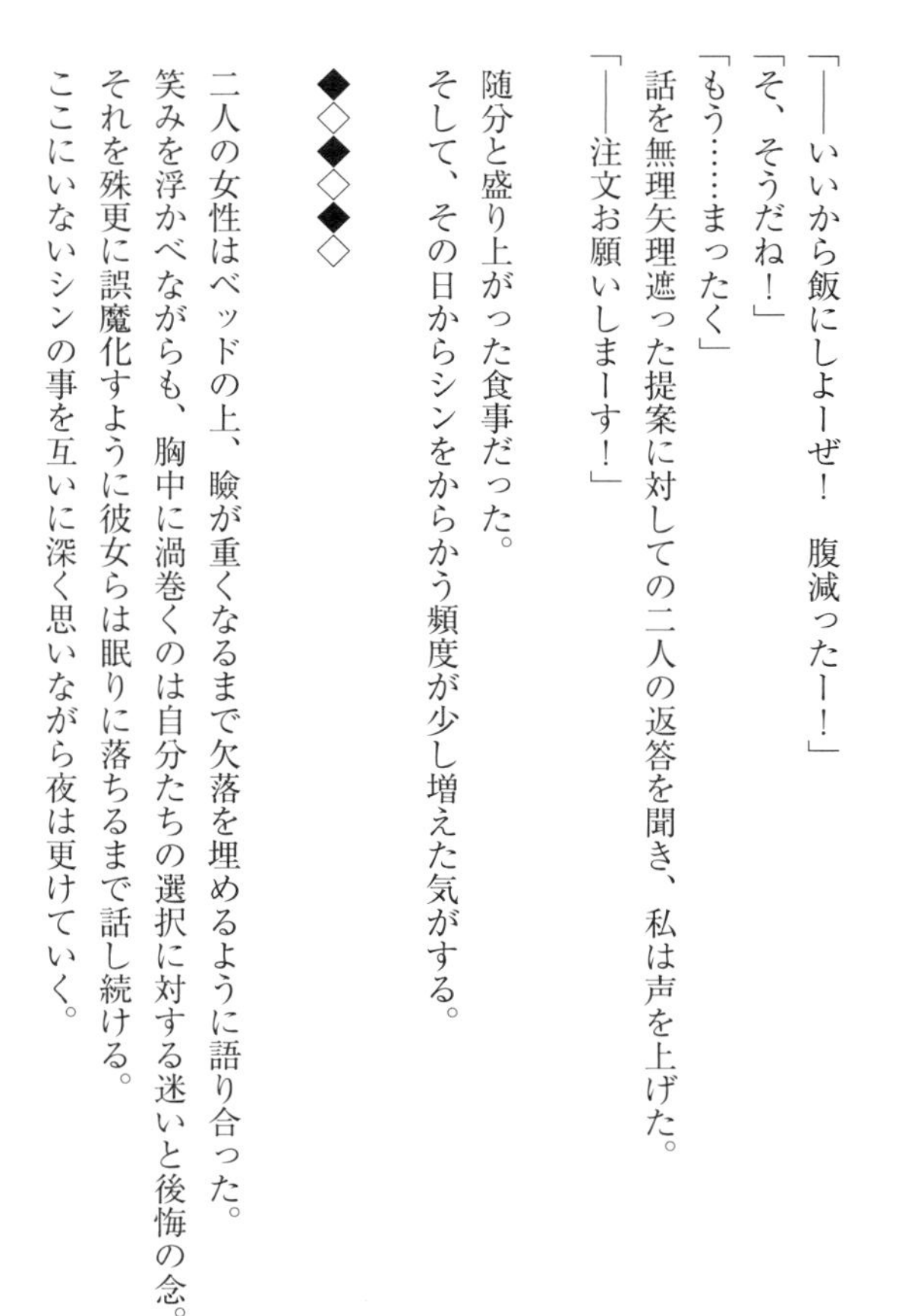

「――いいから飯にしよーぜ！　腹減ったー！」

「そ、そうだね！」

「もう……まったく」

話を無理矢理遮った提案に対しての二人の返答を聞き、私は声を上げた。

「――注文お願いしまーす！」

随分と盛り上がった食事だった。

そして、その日からシンをからかう頻度が少し増えた気がする。

◆◇◆◇◆◇

二人の女性はベッドの上、瞼が重くなるまで欠落を埋めるように語り合った。

笑みを浮かべながらも、胸中に渦巻くのは自分たちの選択に対する迷いと後悔の念。

それを殊更に誤魔化すように彼女らは眠りに落ちるまで話し続ける。

ここにいないシンの事を互いに深く思いながら夜は更けていく。

◆◇◆◇◆◇

「――ファナさん……これから、その、よ、よろしくね？」

「まぁ、なんだ一緒に頑張ろうぜ」

「……ええ、二人ともよろしくね」


歓迎の言葉もそこそこに、そんな短い挨拶で新たな仲間と別れた私――賢者のファナはぽつんと一人、宿の部屋に向かい、杖を壁に立てかけて、ベッドに座る。

【白き雷光】に加入して初めての夜、これから始まるパーティーへの期待や喜びはなく、私はただ悶々と頭を悩ませていた。

誤った選択肢を選んでしまったのではという、恐怖にも似た嫌な感覚。

Sランクパーティー……そして大きな目的のために旅を続けてきた私は修行やクエストをこなし、血の滲むような思いで賢者という職業になった。

そして、先日出会ったレイドさん。彼がリーダーを務めるパーティーはSランク目前で、ギルドの戦績情報や冒険者たちの評判も良かったため、誘われたことをきっかけに加入を承諾したのだが、まさか魔法剣士のシンさんを追放すると言い出すなんて想定外だった。

多くのパーティーを渡り歩き、様々な人たちとクエストをこなし、一般的な剣士や魔法使い以外にも獣使い（ビーストテイマー）、闘士、盾使い、黒魔法使いなどなど多くの職業のスキルを見てきた私にも馴染みのない《補助魔法》という存在。

レイドさんが言うには、言葉通りのちょっとした補助とのことだったが、他人の力を底上げできるなんて魔法がちょっとした程度の話で済むのだろうか？

もし、私の悪い予測が当たっていたとしたら、このパーティーはとんでもない人物を追い出したことになる。

私は目を固く瞑り、この考えが正解でないことを祈りながら眠りを待った。

3章　今更戻れと言われても、もう遅い

追放された翌日。

懐かしい夢から目覚めた僕は寝足りない体を無理やり起こし、朝早くから宿を出た。

そして、少ない荷物を纏めて町を出る馬車に飛び乗る。

町から——元仲間たちがいるこの場所から早く離れたいという一心で。


【ハイルドの町】を発って数日。馬車が到着したのは【イパネの町】。

隅々まで石畳が敷かれ整備されていた前の町に比べ、ここはほんの少し見劣りする。

整備された道はあるが、少し路地を覗けば土がむき出し。家や商店の背も低く小さい。

かといって貧しそうといった雰囲気はなく、道行く人々は活気に満ちており、露店の売り子の呼び声がそこらから聞こえてくる。

「……ここで、また始めよう」

誰に聞かせるでもない決意を呟き、僕は町を見回しながら目的地を定めて歩き出す。

しばらく歩くとお目当ての冒険者ギルドはすぐに見つかり、初めての時のような気持ちでその扉を叩いた。

さして変わらない内装、しかしどこか空気が違うような違和感。足を少しだけ硬くしながら前に進み、馴染みのない受付嬢さんにAランクの冒険者カードを見せたところ、

「え、Aランク冒険者!? し、失礼ですがパーティーは……？」

「——その……辞めてしまって、ソロで受けようと思うのですが大丈夫ですか？」

少しの羞恥をこらえて伝えると、目の前の女性はにこやかな笑みで応対してくれた。

「問題ありませんよ！　ただ、そうですね……」

「な、なにか？」

「はい、パーティーを辞めたばかりとのことでしたらランクを少し下げたクエストを受けられた方が良いかと思います。えっと——こちらなんかどうでしょうか？」

そう言って渡されたのはCランクのクエスト。

内容は……森からあふれ出しそうな魔物の討伐——間引きか。

「最低討伐目標はスライム十体にゴブリン十体……あの、やけにクエストランクが高くないですか？」

スライムやゴブリンの討伐。しかも、生息地から溢れそうなそれらの駆除程度なら良くてEランクが妥当だと思うのだが。

「はい、実は最近何人かの冒険者がその森の奥で死亡しており、調査が完了するまでは立ち入り禁止にして、すこし危険度を引き上げたのです」

そう語る彼女の表情はどこか不安そうな色を帯びている。

「ただその間、魔物を放っておいて森からあふれ出したりしたらまずいので依頼をかけているのですが、上級のパーティーは実入りの悪いゴブリンやスライムの討伐に乗り気にならず、下級のパーティーはランクが少し上がったこともあって尻込みしているという。ちょっとねじれた感じになってしまっているんです……」

今度はため息を吐きながら目を伏せる。この受付嬢さん、なかなか表情豊かだな。

「も、もちろん森の入り口付近で活動や討伐をする分にはそこまでの危険はないと思うのですが……」

「なるほど……そういうことですか」

慣れていないソロクエストで深入りするつもりもないし、彼女の言う通り入り口付近での行動ならさして危険もないだろう。

「……わかりました。それではこのクエストをやろうと思います」

「あ、ありがとうございます！　ではクエスト受注ということで……ソロになったばかりとのことですのでくれぐれもお気をつけくださいね？　――ギルド側の私が言うのもおかしな話ですが、危なくなったらすぐに逃げてください。無理は禁物ですよ？」

少し不安げに注意事項を並べ立てる受付嬢さんはまるで母親のように思えてくすぐったい。けど仲間のいない今の僕にとってこれだけ心配してくれる人がいるというのはそれだけでありがたく、胸が温かくなる。

「はい。行ってきます！」

彼女の杞憂を払うよう、殊更に明るく声を返して僕はクエストへと赴く。


「グァァ！」

「キュー！」

指定された森。その入り口付近には情報通りゴブリンやスライムたちがいた。

そこまで強くもない、そして多くもない。だが、

「これを僕だけで……！」

魔物討伐は仲間たちと一緒に何回も行ったことがあるし、数はその時の方が多かったが、
久しぶりの単身でのクエスト。緊張が走り、剣を持つ指が少し強張(こわば)るのも仕方ないだろう。

息を整え、体を柔らかく意識し、足に力を込めた。

「よし……行こう！」

そして魔物に向かって走る。

「ォ？　ウゥウゥ！」

剣を構えたこちらに気づき、棍棒を持ち上げたゴブリン。そして這うように動くスライム。合わせて十匹程度のその塊に突っ込む。

「――《火弾(ファイアボール)！》」

火の玉を掌に出し、それを数体のスライム目掛けて投げつける。

ゴブリン相手には通用しないだろうが、魔法耐性が弱いスライムには効果覿面で数体がすぐに核だけを残して消えていく。

「よし！　それじゃあ、《水弾(ウォーターボール)！》」

すかさずゴブリンの顔面に向かって水を打ち込む。

「ギャウ!?」

「グオォ!?」

悲鳴と一瞬の混乱。その短い時間があれば――十分だ。

「はぁぁぁっ！　やぁぁ！」

隙を晒したゴブリンの首に狙いを定めて剣を横薙ぎに振るう。

緑の血しぶきが飛ぶ中、ひとつ、ふたつ、みっつ……どんどんと目の前で魔物が死骸となっていく。

「……ふぅ。一旦おしまい――いや、来る」

その場にいた魔物が全て消えて、一息つくのもそこそこに新たな敵の気配が奥からやってくる。遠目で見えるだけでも数は先ほどの倍くらいだ。

ならば、

「――《補助魔法》魔力強化！　レナ！　敵、を……」

いつもの癖で魔力を練り上げ、はたと気づく。

今の僕には助ける仲間も頼る相手もいないのだ。

散々自分は一人だと言い聞かせてもふいに出てくる習慣は止められない。

しかし、それならどうしたものか？

「――あ……そうだ」

その時閃いた思いつき。それは今まで考えたこともないぶっつけ本番の考え。

誰かを助けるためではなく、自分に《補助魔法》をかけたらどうなるのだろうか？

この魔法を習得してからずっと誰かに使ってきたが、どうせ相手もいないのなら自分に使うというのを試してみても良いのではないか。

パーティーに付与し続けてきた分の魔力も有り余っているし、やってみる価値はあるように思えた。

「《補助魔法》――身体強化、魔力強化！　……ん？　わっ、え？　これ――」

その瞬間体に自分のものとは思えない力が漲る。

剣が軽く、足は羽が生えたように重さを感じさせない。

流れる魔力は量こそ変わらないものの、濃縮されたように強く体内を巡る。

これなら……行けるかもしれない！

「《石弾（ストーンボール）！》――えっ!?」

いつも通りに魔法を唱えた時に違和感を覚えた。

直後、現れたのは通常の掌大の石の玉の何倍もある、僕の体以上に大きな巨岩。そして、それが真っすぐに向かい来る魔物目掛けて放たれる。

風切り音。木々がなぎ倒される轟音。全てを打ち払うような魔法によって目の前の森がその姿を変えていく。

「……へ？」

「ギャアァァ！」

「ガ、ガガァッ！」

驚き、混乱したかのようなゴブリンの悲鳴――断末魔の叫びの後に転がっていたのは、押しつぶされ、体の部位が弾きとばされたいくつものゴブリンだったもの。

こんなの……これまで見てきたレナの上級魔法に匹敵するような威力じゃないか……？

攻撃をした側とは思えないおかしな動揺に固まった体。そんな僕の気持ちも知らず巨岩は奥へ奥へと飛んでいく。

木々がメキメキと折れる音がどんどん遠くなっていき、視界の遥か向こう側に行ってしまった石。

数瞬後、爆発魔法でも放ったかのような地鳴りと耳をつんざく爆音が聞こえ、ようやく止まったのだと一安心する。

「なんて……威力なんだ……？」

自分が放ったとは信じられない魔法に驚くとともに、この森が立ち入り禁止になっていてよかったと安堵する。

あの巨岩に巻き込まれでもしたら、高ランク冒険者であってもただでは済まないだろう。

「……い、一応軽く確認しておこうかな？」

それでも頭に過るもしもという悪い想像。それを打ち払うため、僕は意を決して自分の魔法が強引に切り開いた道をまっすぐ進むことにした。

折れた木。倒れたゴブリン。砕けた岩。

そんなものが延々と続くばかりで、受付嬢さんの言う通り誰かが踏み入っている気配や痕跡はなさそうだ。

ある程度確認して一安心し、引き返そうとしたその時。突風——いや暴風が木々をなぎ倒すようにあたりに吹き荒れた。

「な、なんだ!?」

その勢いを受けて割れそうに震える地面を見て、竜巻でも巻き起こったのかと一瞬思ったが、次の瞬間にそんな予測は大きく裏切られる。

目を開けるのも困難なその中で、太陽の光が遮られていき僕の周囲を暗く染めた。

その先に降りてきたのは人の何倍、建物よりも遥かに大きい存在。

「ま、まさか……」

高ランクのパーティーが束になってやっと討伐できるような、けた外れの頑丈さと攻撃力を持つ魔物。

「ドラ、ゴン……？」

緑の固い鱗。左右に大きく羽ばたく翼。そして僕を睨みつける燃え盛るような紅眼。

巨竜が口を開く。

「グォオオオッ！」

その咆哮は聞いただけで意識が飛びそうになる圧力を持っており、頭がふらつく。なぜ自分が今も立って向かい合えているのかが理解できないほどだ。

「森の奥で亡くなった冒険者はもしかしてこいつに……？」

ちっぽけな人間に牙を剥きながら威嚇するドラゴン。

しかし、なぜこいつは僕を狙うように降りてきたのだ？

「──うん？」

よく見るとわかる。理由はその体と手にあった。

ドラゴンの脇腹あたり、鱗に覆われたそこが大きく傷ついてボロボロになっており、ご丁寧に僕が放った《石弾(ストーンボール)》が右手に握られていた。

「も、もしかして？」

期せずして僕はこの魔物に先制攻撃を仕掛けてしまったのか？

いや、しかし、だけど。頭に色んな考えが浮かぶが、状況証拠としてはこれ以上ないほど揃いすぎている。

『危なくなったらすぐに逃げてください』

受付嬢さんの優しい言葉が脳裏をかすめ、足が自然と後ろに下がった。

「グルオォォォォォ！」

そんな弱腰の獲物に対して、ドラゴンは大きな指に生えた鋭い爪で襲い掛かってくる。

「くっ！　あぁぁぁぁっ！」

回避が間に合わず、少し掠った。それだけで、僕の体は後ろに飛ばされて地面に叩きつけられた。

「ぐっ！　くぅぅぅっ！」

口から苦悶の呻きと唾が飛ぶ。当たり所が良かったのか体に痛みなどはないが、その衝撃は息を詰まらせるには十分だ。

倒れた僕に向かって地響きと共に魔物が歩を進めてくる。

怖い。

一歩、一歩と、か弱い人間を威圧するように竜が近づく。

逃げなきゃ。

頭に鳴り響く、逃げろという言葉。

『この役立たずめ』

そして、思い出すのはレイドから浴びた罵声の数々。

『ろくに魔物も倒せないくせに邪魔なんだよ！』

違う。

『なにもできないお前は後ろで引っ込んでろ！』

違う。違う。違う。

『お前は――冒険者失格だ！』

「――違う！」

「ガウゥウウウゥ！」

再び迫りくる鋭い爪。それに向かって僕は剣を突き出して受け止める。

「やあぁぁあっ！」

爆発のような音とともに激突。衝撃に腕が痺れた。あれ――痺れるだけで済んでる？

「グォォオオッ！」

押し込もうとするように叫びながら圧力を増していく掌だが、剣に触れたそれはギリギリと嫌な音を立てながらもそれ以上は下りてこない。

ならば、

「このぉぉぉぉっ！」

拮抗した刃と爪。そこに力を加えて振り上げると、僕の数倍の重さがあるはずのドラゴンが撥ね飛ばされて後ろに下がった。

「グ、ギギギッ！」

「はぁ……はぁ……」

予想外の抵抗に驚いたような表情を浮かべて、たたらを踏む魔物。

その隙に素早く立ち上がり、剣を正面に構え、鋭い眼の竜を睨みつける。

「……僕は冒険者だ」

言い聞かせるようにぶつぶつと呟く言葉はただ僕自身を鼓舞するためのもの。

……魔物が攻撃を仕掛けてきた人間をみすみす見逃すなどあり得ない。

もしもこいつに追いかけられてその怒りの矛先が【イパネの町】の住人に向けられたらどうなる？　……大混乱が起きるに決まっている。

「誰かを助ける冒険者なんだ……」

思い出せ。僕は何のために村を出た？

「だから……っ！　立ち向かうんだ！　――《補助魔法》身体強化！　魔力強化！」

この魔法は、この力は、この体は――戦うためにあるのだ！

「グルォォォォォォ！」

「行くぞ！　ドラゴン！」

僕の魔力や戦意にあてられたのか、大口を開いたドラゴンはその中で《竜の火球（ドラゴンブレス）》の準備をとる。溶岩よりも熱く、触れた物を即座に溶かすような高熱のそれはおそらく一発でも当たればその瞬間に終わってしまう。ならば、

「《石弾（ストーンボール）！》うおおおぉ！」

詠唱と共に飛び出した巨石。それをドラゴンの口を塞ぐように放つ。これでちょっとは時間稼ぎが――

「……あれ？」

「ギャッ――グゥウウウウウッ！」

狙い通りに大きく開いた口に向かったそれは見事に命中した。

多少威力が増していても所詮初級魔法。ただの足止め。

そんな考えで放ったそれは――かみ砕けぬ物などないと言われるドラゴンの鋭い牙をぽっきりと折ってしまい、弾かれ飛んで行ったそれが大地に深く突き刺さる。

折れた歯が痛いのか、咆哮をあげて、両手や翼をデタラメに振り回す竜。

僕の魔法が？　まさか？　なんで？

そんな疑問に気を取られていると、長い尻尾が振りかぶられて僕に高速で迫る。

「まずい――」

当たってしまう。経験が告げる直感。それに無力にも抗うように両足に力を込めて踏み込んだ時、僕の視界は地面から大きく離れていた。

「う、嘘!?　こんな高さ!?」

避けようと全力で飛んだ足は体を浮かせ、木々よりも高くその身を宙に運ぶ。

突然消えた僕を捜して左右に首を振るドラゴンを上空から眺め、思考を巡らす。

あの魔法の威力。そして、この身体能力の向上。

「今の僕の剣なら――」

昇り切った体はそんなことを考えている間に地面へと引っ張られるように、動きだす。

ゆるやかに、徐々に速く、体重の重さを乗せて落下していく。

落ちる先は運が悪いのかドラゴンの真上。どうする。……いや、考えてる余裕はない。

「今はただこの力を、剣を――信じるっ！」

持ち上げた刃。そこに勢い、そしてありったけの気迫を乗せて振り下ろす。

それに反応してこちらを見つめるドラゴン。大口を開けて待ち構えるような姿から目を逸らさず、その首に刃を叩きこむ。

「うおぉおぉおぉおぉおっ！」

「ガァアア――ッグォ」

叫びの後、小さな呻きが聞こえた。

そして僕は剣を地面に突き立て蹲(うずくま)るようにして大地に舞い戻る。

あまりに手ごたえがなく、外れてしまったのかと思う程あっけない。

そう……確かに当たったはずなのに、まるで空気を斬るかのように走った刃。

だが一瞬遅れ——ずるりと音がして竜の首がずれ、落ちた。

落石のような音が響き、竜の瞳と同じ紅い血しぶきが滝のように流れる。

温泉のように熱いその液体は構わず僕の頭上から降り注ぎ、体を真紅に染めていった。

「——はぁ……はぁ……」

疲れからくるものではなく、現実が信じられない……そんな荒い息を吐き、僕は地面に体を横たえた。

達成感を覚える間もない。ただ信じられないという気持ちが大きく胸に渦巻いていた。

「ぼ、僕が一人で……しかもこんな……一撃で——」

鼓動が速まり少し息苦しい。恐怖が今頃ぶり返してきたのかと思ったがそれは違う。

「——ドラゴンを?」

首が落ちた竜を見つめ、初めて魔法を使った時のように呆然としながら、体を震わす。

「……やった」

恐怖や苦しみを超えた——喜び。

小さな声となって思わず漏れた自分のか細い呟きがやけに耳に響いた。

心臓のように脳がドクンドクンと脈打つ奇妙な心地よさは高揚だろうか。

震えながら剣を持ち上げ太陽にかざすと、光を受けて輝くそれは鏡のよう。そしてそこに映る自分の顔は……笑っていた。

仲間とだって倒すことが出来なかったであろう強敵。僕は確かにそれに打ち勝ったのだ。

混乱した頭に様々な考えが浮かんでは消える。そして、最後に残ったのは信じられないような真実。

僕の補助魔法――この力は、とんでもないものだったのかもしれない。

柄を握った掌の震えはもうしばらく止まらなそうだ。

不安を抱えて挑んだクエストだが終わってみれば被害もなく、指定された場所の魔物を目標以上に討伐し終え、おまけに森の危険の原因と思われるドラゴンも倒してしまった。

受付に戻った僕を出迎えた受付嬢さんは、赤く染まった僕を見て慌てて駆け寄ってくる。

「シ、シンさん!?　だ、大丈夫ですか？　い、今すぐ回復術師を――」

「あ、いえ平気です。これはただの返り血ですから」

「……返り血？」

少し説明が難しいと思い、僕は机にゴブリンの耳やスライムの核、そしてドラゴンの牙を成果として置いた。

「ゴブリンとスライム……目標より多いですけど倒してきました。後、森の奥から現れたドラゴンも」

「――へ？　これは？　え？　えぇぇ!?　ゴ、ゴブリンやスライムだけでなくこれ……ドラゴン!?　ふぇぇっ！　ちょ、ちょっと待ってください！　その、えっと――マスター！　マスター!?」

突然成果を見せられた彼女は動揺を隠さずに奥に引っ込み、ギルドのお偉いさんを引き連れてすぐに戻り、僕に引き合わせる。

「ま、まさか森の奥にドラゴンが住み着いていたとは……。それを君がたった一人で――し、しかもこんな短時間で……？　ほ、本当かね？」

「は、はい、出来ちゃいました……あ！　一人じゃ持って帰って来れなかったのですが、ドラゴンの首や胴体が森にまだ置いてあります」

武器や防具、食肉、薬の素材などとしても有効なドラゴンの体。僕の稼ぎになるというのもあるが、人のためぜひギルドに役立ててもらいたい。

「う、うむ。すぐに回収に向かわせよう。素材の買取金額は追って支払いするということで良いだろうか？」

「はい！　大丈夫ですよ！」

歴戦の猛者といった風体のギルドマスターが動揺している様はどこか面白く思えた。

「君は一体、何――い、いや失礼。今後も、その……当ギルドの力になってくれたまえ」

「が、頑張ります！」

何か僕に問いただしたい事があったようだが、流石はギルドの長。彼はすぐに気を取り直して威厳を保つように僕にそう告げてクエスト達成とドラゴン討伐の報酬としての金貨が詰まった重たい袋を差し出す。

ここに至り、僕はようやく現実を飲み込む。

まだまだ練習や検証は必要だけれど、この《補助魔法》を使えば、自分の力で……自分一人の力で誰かを助けながら生きていくことが僕にも出来るのかもしれないと。

そして懐が温かくなった僕はギルドの隣にある酒場で食事を取ることにし、ぽつんと一人テーブルに着き注文を済ませる。

「これにも慣れなくちゃな……」

食事が運ばれ、やけに空いた机上を眺めて呟く独り言。

（ニーナがいたらはしゃいでたろうな。それでレナが宥めたり――だ、ダメだ、考えるのはよそう）

一人ぼっちの食事はやけに早く胃に収まった。

「――あ、あのーちょっとよろしいでしょうか？」

食後に茶を飲んでいた時、背後から聞き覚えのない声がかけられる。

「は、はい？　えっと……？」

目をやると、そこに居たのはローブを着込んだ同年代くらいの年若い女性。

「シンさん……って呼んでいいですかね？　その、私たちのパーティーに入りませんか!?」

「へ？　ど、どういうことですか？　というかなんで名前を？」

やけに元気な女性からの突然の申し出。

「さっきギルドの受付で聞いてたんです。一人でドラゴンを倒したんですよね!?」

彼女は僕の返事を待たずにぐいぐいと抱き着くように迫ってくる。

その恰好からレナの姿を思い出させるが、そのローブは見慣れた物とはかなり違う。

レナのローブは膝あたりまである長い丈のものだったが、目の前の女性のそれは、機動性を重視したのかやけに丈が短く腰下くらいまで。その先はまぶしい生足が晒されている。

中の服は胸元が大きくはだけていて、レナに比べてかなり慎ましやかな乳がそこから見えた。ニーナほどではないがちょっぴり露出的な恰好だ。

もしこれをレナが着ていたら目のやり場に困っただろうな。自分でも少し可笑しくなって笑いそうな想像を巡らせていると、彼女が目を輝かせて口を開く。

「どうでしょうか!?　ぜひぜひ私たちと一緒に冒険してみませんか？」

顔がくっつきそう。この子、距離感がニーナみたいに近いな。ただ幸いというべきか彼女は二人と比べて、その……膨らみがないため、この距離に来られても当たったりしないから随分気が楽だ。

「ええと、そうですね。うーん……」

気後れしそうな程前のめりな彼女は僕の返答を聞くと、押し込む時と思ったのか瞳を大きくしてどんどんと話を進めていく。

「私たちまだCランクですけど、シンさんみたいなお強い方に加わってもらえばAランクも夢じゃないと思うんです！　お願いします！」

夢を語るように、英雄を見つめるように僕に向けられた視線はどこかこそばゆく、そして懐かしい。昔の僕たちもこんな風にキラキラと夢を素直に語っていたような覚えがある。

そんな彼女を見ていると、その姿に意識せずともレナやニーナを重ね合わせてしまい、慌てて頭（かぶり）を振って打ち払う。

「……ん？　どうかしましたか？」

「い、いえ、なんでもないですよ！　パーティー加入……そうですね――」

真剣な表情。そして純粋に僕を求めてくれた彼女に応えるためしっかりと思案する。しかしそんな脳裏に浮かんだのは元パーティーリーダーの最後の言葉。

『もうお前はこのパーティーにいらない——追放なんだよ！』

冷たく、僕を否定するその声に体が芯から震える。

こちらの沈黙に不安を覚えたのか、静寂を破り問いかけてきた彼女に僕が返したのは、

「い、いかがでしょうか？」

「——ごめんなさい。僕は……パーティーには入れません」

明確な拒絶だった。

「そう、ですか……そうですよね！　シンさん程の強さがあれば私たちみたいなCランクパーティーじゃダメですよね！　もっと強い人と冒険したほうがいいですもんね！」

何かを堪えるように明るく話す彼女に罪悪感が生まれ、取り繕うように口が勝手に動く。

「い、いえ、そういうわけではないんですが、その実は、僕は前のパーティーを——」

そして言い訳のようにこれまでの経緯——パーティーをクビになった事。しばらくは一人でいたい事を話した。

「そんなことが……。しかも、あの【白き雷光】に居たなんて……」

「知ってるんですか？」

懐かしさを感じる事もないほど、未だ身に刻みつけられた名前。以前から知っていたような口ぶりの彼女は顔を綻ばせて言葉を続けた。

「ええ、もちろん！　この町にも噂は届いていましたよ！　優秀だって。でも……」

「でも？」

「その、聞いたばかりの話なのですけど、えっと【白き雷光】が珍しくクエストに失敗したって話を仲間から聞いたんです」

失敗？　みんなが？

「あ、ええと、あくまで噂ですから！　そんな気にされなくても平気かと」

考えが顔に出たのか、それを気遣うように彼女は慌てて補足する。

そして、しばし話をして、気が変わったらいつでも待っていると言い残し彼女は去っていった。――僕の胸にほんの僅かな心配を残して。

（いや、僕にはもう関係のない事。これからは一人でやっていくんだ）

残ったお茶を飲み干しながら、僕は再度そう胸の中で誓う。

「――不甲斐ない。そう言わざるを得ませんね」

ガヤガヤとうるさい酒場に響いた新入りの私の冷たい声。それは四人が囲むテーブルに重い沈黙を落とした。

「ご、ごめんなさい」

「面目ねえ……」

表情を暗くして俯きながら声を絞り出す仲間になったばかりのレナとニーナ。

その指先は固く握りしめられており、出会ったばかりの私の言葉が深く突き刺さっている様子がよくわかる。

「ま、まぁまぁ……ファナ、そんな――」

「レイドさん。あなた状況を理解していますか？」

ヘラヘラと口を開いた彼に自然と鋭い声が向く。

「私が加入して数日。成功したクエストの数はいくつですか？」

投げかけた言葉。恐る恐る口を開いたのはリーダーではなかった。

「……ゼロです」

ここ数回のクエストで汚れてしまったローブ。魔法使いのレナは大人に叱られている最中の子供のように呟く。

「そうです。原因はわかりますか？」

「私らの失敗……だよな」

再び問いかけた私に答えたのは、日に焼けた肌に擦り傷をいくつも刻んだ盗賊（シーフ）のニーナ。

「残念ながらその通りです。Aランクパーティーとは言え人間。調子の優れない時もあるでしょう。しかし、連続で五回もクエスト失敗――それもランクを下げてこれではその言い訳も通用しません。まず……レナ」

「は、はい……」

名指しした私に、彼女は縮こまりながら顔を上げる。

「魔力量が少ないのは聞いていた通りですが、魔法の精度や操作があまりにも未熟です」

「……ごめんなさい」

不甲斐なさを隠そうともせずに綺麗な顔を歪めるレナ。そして、もう一人。

「ニーナ。あなたは遅すぎます。碌に撹乱も出来ずに魔物に囲まれる盗賊（シーフ）がいますか？」

「……その通りだよ」

悔しさに声を震わせるニーナは反論せずに指摘を飲み込んだ。

「はぁ……そしてレイドさん――」

「お、俺は自分の仕事をこなしてるぞ！」

「……は？　それ……本気で言ってます？」

思いもよらない反応に頭が痛くなる。

「あ、あぁ！　勿論だ。とにかくレナやニーナ、そしてファナ。みんなの――」

彼が捲し立てたのは長い長い言い訳だった。

レナの魔法が敵を削らないのが悪い。

ニーナが撹乱を出来ておらず、むしろ邪魔をしている。

そして、賢者の私に攻撃能力がなく、自分だけに負担がのしかかり過ぎだと。

つらつらと息をするかのように責任を人に押し付ける男。

Cランクのゴブリンにすら手こずり、挙句数に押されて真っ先に撤退した剣士が何を言っているのだろう。

「私に――賢者に攻撃用のスキルや魔法が無いことは加入前から伝えてましたよね？」

「ぐっ……」

……そして、私にまで責任を押し付けようというのか。

「い、いや、その――」

口だけで抗おうとするレイド。ただでさえ彼に不信感を募らせる私にとって、その態度はそれを強めることにしかならない。

実力不足という理由もあるが、私の彼に対する不満はその人間性に因るところが大きい。

それは先日、酒場で彼が冒険者仲間としている会話を通りがかりに聞いてしまったことに端を発する。

友人たちと酒を酌み交わす程度のことなど別にどうでもいい。けれど、その会話が聞くに堪えないくらい酷いものだったのだ。

「……くはは！　無能のシン。あの荷物持ちにもならねえ役立たずの魔法剣士をようやく追い出してやったぜ！」

「さすがレイド！　しかも新しく入れた女もすげぇ美人なんだろ？」

「Sランク候補でしかもメンバーは爆乳の美人揃い。かぁー羨ましいぜ！」

「これも実力ってわけよ。俺みたいな優秀な剣士、女がほっとかねえのさ！」

なんて浅ましいのか。追放したとはいえ、仲間だった人物を評する言葉ではない。

そして、女性を自分の装飾品のように自慢するその語りにも寒気がする。

「ひっく。シンみたいな冴えない野郎が俺の女たちに色目を使うのにはずっと虫唾が走ってたんだが……これで正真正銘のハーレムパーティーになったってわけよ！」

汚い笑い声が交じる会話を耳にして、私の中で様々な感情が浮かんでは消えていく。

この男は何を言っているのか？　レナやニーナはあんたの女じゃないし、挙句知り合ったばかりの私にまでそんな目を向けているの？

怒り、侮蔑、呆れ、失望。矢継ぎ早に入れ替わる気持ちを逆なでするような笑い声が心底不快だった。

視線の先でくだらない見栄を張る情けない男と、静かに去って行った彼。二人の人物を比べてみればどちらが人間的に優れているかなど……考えるまでもない。

そんな会話を耳にしてから数日。あそこまで大口を叩いておいての今日までの体たらく。

今、私に正論で詰められ、反論も出来ずに口ごもるレイドと、それをジロリと見つめるレナとニーナ。三人を視界に入れながら頭の中で考える。

事前情報とあまりにかけ離れた各々の実力。

そして、Aランクパーティーとは思えない連係不足。

そのせいで起こったクエストの連続失敗。

それらの原因であり、解決する答えは一つ。それしか思い当たるものがない。


「──シンさんを連れ戻しましょう」


かつての【白き雷光】にあり、今ないもの。それはあの魔法剣士の存在だ。

私の提案を受けて顔を明るくする女性二人。それとは対照的に苦虫を噛み潰すような表情を浮かべるパーティーリーダー。

「そ、そんなことできるか！」

「なぜですか？　一人を追放した直後にこの体たらく……彼はあなたが思う以上にパーテ

ィーに必要な存在だったのです。そして恐らく例の補助魔法とやらは知らぬ間に皆さんの力を底上げしていたと考えるのが当然です」

推測だが、確かな結果が示す以上反論など出来はしないだろう。

「うん……ファナさんが言う通り、シンがいなくなってから私も魔法が上手く使えない」

「だな。私も体がいつもとは比べ物にならないくらい重い」

同意する女性陣に対して、レイドは目尻をピクピクと痙攣させるのみ。

シンさんの貢献を理解しつつも内心の不満を隠そうともしない子供じみた態度の彼に、

「よろしいですね？　レイドさん」

私は追い討ちのように告げた。

「ちっ――くそ。……わかったよ！　あいつを連れ戻せばいいんだろ！」

荒々しい言葉ながら確かに言質はとった。

ならば私のやることは一つだ。

「ではその方向で。私はシンさんの足取りを追います。ニーナ、手伝ってくれますか？」

「お、おう！　まかせろ！」

情報収集に長けたニーナを連れて席を立つ。

「それでは行ってきます」

それだけ言い残して、私は少し小柄な盗賊（シーフ）を連れて歩き出した。

上手く行けばいい。天に祈るように私は空を見上げた。

罪、協力がなければきっと難しいだろう。

この男にはほとほと呆れさせられるが、シンさんを連れ戻すためにはこの男の同意や謝罪、協力がなければきっと難しいだろう。

背後で机を叩くリーダーを気にもせずに。

「ちょっと、レイドやめなよ」

「――くそっ！」

数日後。私たち四人は情報収集の末にたどったシンさんの足取りを追い、【ハイルドの町】から馬車で数日かかる【イパネの町】を訪れ、彼が宿泊する宿の前で待っていた。

そこそこ人通りのある道に立つ冒険者四人。そんな私たちに向けられたのは好奇心と下心が混じった粘つくような視線。

ここ最近のクエストの失敗のせいでくたびれ、ボロボロになったレナやニーナの姿は道行く者たち――特に男性の恰好の餌食なのだろう。

日頃から露出の少ないレナのローブやインナーは裂け、所々隠していた純白の肌が空気に触れている。

いつも大胆な服装のニーナだが、ショートパンツが破れて下着が覗き、その頼りない胸の布も破れ落ちてしまいそうにボロボロだった。

幸い、私だけは立ち回りのおかげもありそこまで被害を受けていないが、レイドを含めた三人はとてもAランクパーティーとは思えない、みすぼらしい姿を晒している。

なんとか、今日でこの状況から解決に向かいたい。そう願った私の目線の先、一度だけ面識がある男性が歩いてきたのが見えた。

追放してしまった魔法剣士のシンさん。聞き込みで知ったところによると、ソロ冒険者としていくつものクエストを成功させており、かなり評判になっているという。

少し気弱そうで背も私よりも小柄。動きやすそうなフード付きのジャケットとズボンという軽装で剣を腰から下げた姿は改めて見ても多少頼りなさそうに思える。しかしその顔にはかつて一度見た時のような自信なげな色はなく、充実し、何もかも上手く行っているような笑みが浮かんでおり、どこか強い存在感を感じさせた。

そんな彼の表情が私たち四人に向いた途端、強張る。

なぜここにいる。なんの用だ。そんな言葉が瞳から放たれてるような鋭い視線。

しかし、その硬い顔は長く続かず、急にそわそわしだした。

レナやニーナのボロボロな様子が気になるのか、ちらちらとそちらを見ては焦ったように目を逸らす。そして、逃げた先の私を見て、顔を少し赤らめ、こちらが微笑んで首を傾けると、視線が上下に揺れた。……体を見たのだろうか？

だが、彼は他の男たちのようにずっと凝視したり、下卑た視線を向け続けることはせずに、すぐに私たち三人の女から慌てた子供のように顔を背け、こちら側で唯一の男性であり、自身に追放を言い渡したレイドを見つめ、再び顔を強張らせた。

女性が気になるけど、見ちゃいけない。そんな可愛らしさを感じて少し微笑ましい。

「――なにか用?」

ようやく言葉を放ったのはシンさんが先だった。不快感をあらわにするような鋭い口調にレナとニーナがビクリと体を硬直させる。

話し合いを成立させるため、私は場を和ませるように口を開く。

「シンさん。お久しぶりです。改めまして、私は賢者のファナと申します。実は本日はお願いがあり――」

目線を私に向けた彼。少し視線が泳いでるが関心を引けている。そう思った時だった。

「シ、シン! 気が変わった! お前をパーティーに戻してやる!」

「――はい?」

「「「――は?」」」

傷だらけの姿の【白き雷光】のリーダーが、偉そうに腕を組み話に割り込んできた。

理解できない魔物の言葉を聞いた時のように疑問を漏らすシンさん。そして呆気にとられた私たち三人の女性たちの声がその場に響く。

……レイド。理解できない。……この男はここまで来て一体何を言っているのか。

「レイドさん、話が違――」

「ちょっとレイド！」

「そうだぞ！　お前何カッコつけてんだよ！」

「う、うるせぇ！　シンなんかに――こんな無能野郎なんかに頭を下げられるか！」

すかさず私や二人がレイドを非難するも彼は、謝罪や反省など見せず、くだらない見得を優先させるようにシンさんを罵倒する。

突然目の前に現れたかと思えば、急に戻してやると告げ、おまけにおちょくるように自分を侮辱する元パーティーのリーダー。

シンさんの瞳に失望と侮蔑の色が浮かび。表情は氷のように冷え切って、もはやこちら側の誰も見てはいない。

そして、すり抜けるように私たちを無視して横切り、宿へと歩き出す。

「シ、シンさん！　待ってください！　今のは違うんです！　その、お話を――」

「悪いけど――」

フラれて捨てられる直前の女のように縋る言葉を投げたが、シンさんは振り向きもせずに向こう側から呟くのみ。

「――僕は一人でやっていくよ。Sランククエストだって一人でこなせることがわかったんだ。今更……もう一度組む気はないよ。……じゃあね」

そう吐き捨てた彼は、最後までこちらを見ず、宿へと消えて行った。

「シン……」

「マジかよ……」

打ちひしがれるようなレナとニーナの呟き。

交渉は決裂。いや、交渉の席にも座ってもらえなかった。そんな完璧な拒絶。

「……ちっ、こっちが下手に出てやってるのに。偉そうにしやがって」

私は意味のわからない言葉でこの機会をふいにし、最後まで馬鹿げたことを口走る、レイドを睨み続けた。

シンさんとの交渉が失敗に終わった後。【イパネの町】の宿に泊まることにした私たち【白き雷光】は大した言葉も交わさず、宿へと向かった。

その道中で私は歩きながら黙々と思案を巡らせる。

……このパーティーに加入したのは――いや、レイドの言葉を真に受けてしまったのは大きな失敗だったと私は今日の行動で確信した。

彼はリーダーとして、そして冒険者としてもまるでダメだ。

今日までシンさんの足取りを追いながらも、レイドの強い希望でランクを落としたクエストに挑んだがいずれも成功せず。

その都度、彼は同じような言い訳を並べ立てるだけ。

自分の事を棚に上げ、ボロボロの姿で責任転嫁ばかり。

そして、いざシンさんの行方がわかり、謝罪してパーティーに復帰してもらう段階になっても、あんな態度をとり、相手にもされなかった。

この男は、自分と相手の力量差すらわからないのかと思うと逆に同情すら覚える程。

今までも呆れてはいたが、今日の事でようやく理解が出来た。シンさんを取り戻すために必要だと思っていたが、その目的の一番の邪魔——障害はレイドだ。


「……な、なぁ、皆で飯でもどうだ？　この町に美味い酒場があるらしくて……」

宿に近づいたころに恐る恐る口を開いたレイド。リーダーとしての矜持なのか、それとも食事で女が釣れるとでも思っているのか。どちらにせよ答えは決まっている。

「悪いけど私たちは遠慮するわ。レナ、ニーナ……行きましょう？」

「う、うん」「……おう」

明確な拒絶を告げるとレイドの顔は困惑——というよりも若干の怒りを見せて歪んだが、そんな彼からすぐに目を逸らして、私は二人を連れて宿へと入り、呟いた。

「――レナ。ニーナ。荷物を置いたら私の部屋に来てくれるかしら？」

周囲には聞こえない程度の秘め事を囁くような声量。二人はそれに何かを感じ取ってくれたのか、頷き部屋へと戻っていく。

私も自分の部屋に入る。そして、シスター服から着替えることもせず、ベッドに座って二人を待つ。

方針は決まった。


――あの男は切り捨てよう。


「ファナ？　入るぜ？」「お邪魔します」

二人は呼びかけに応じてすぐにやってきた。ローブや外套を脱いで、いつもより気軽な恰好だがその表情は依然重く、今日の出来事の衝撃からか憔悴しているように見えた。

「二人ともありがとう。さぁ、座ってちょうだい？」

俯いていたままベッドに腰かける痛々しい二人、それを慮（おもんぱか）ることなく、私はこれまでのこと、そして酒場で聞いたレイドの侮辱的な言葉。それらをそのまま伝え、問いかける。

「――これが、私の見てきたレイドよ。その上で……今日までの事も踏まえて、二人に確認したいことがあるの。単刀直入に聞くけど……レイドとシンさん、どちらを取る？」

聞いている最中、二人はシンの扱いや、レイドに自分の女扱いされたことに対して怒りを燃やし、顔を嫌悪で歪ませた。

その話の中で二人が彼のクビに賛成した理由を聞く。

「シンがさ……戦いについて来れてなかったし、このままじゃ取り返しがつかない事になるかもって思ってさ。ははっ……助けられてたのは自分だって気づきもしないで……馬鹿だよな」

「私もそう。それにレイドに――」


レナが語ったのはとてもパーティーリーダーとは思えない男の行動だった。

シンさんの追放に賛成しなければ、クエストで彼を危険な目に遭わせる。

二人で逃げようとも取り巻きを使って報復する。

どうやら以前からシンさんに危害を加えるような戦い方をしていたらしいレイドは、そんな脅しのような言葉で直接レナを追い詰めていたのだった。


「シンを……私、彼を守りたかったの……！　だから！　だから……」

心に溜まった苦しみを吐き出し声を詰まらせるレナに対し、ニーナが覆いかぶさるように抱きしめる。

少し小さな赤毛の悪戯っ子な彼女が今だけはレナのお姉さんのようにも見えた。

「そう――そういうことだったのね」

二人ともシンさんの実力とその献身を近くにいすぎたせいでまったく理解してなかったようだが、彼を思って追放したとわかり、とりあえずは安心だ。

そして、レイド。あの男はやはり救いようがない。話を聞けば聞くほど体に冷たい怒りと失望が一気に巡っていく。

「私だってシンと冒険したい……」

「そりゃ私も……シンのほうが楽しいし、いい奴じゃん。レイドがあんなにダメなら、そりゃシンとパーティーでいたいよ」

レナは涙まじりに、ニーナは悔しげにこぼす。

「でも、あんなひどいことしちゃった私たちのこと、シンだってもう嫌いになってる……」

「確かにな……今日追い返されたのもその……結構効いたわ」

二人の言う通り、観察した限りではあるもののシンさんは私たちを拒絶している。これから、また仲良くパーティーを組みましょうと言っても難しいだろう。

しかし、今日のシンさんの様子を見て、私は秘策を思いついていた。

正攻法ではないし、卑怯な手段だ。けれど、今思いつくのはこれくらいしかない。

そして、私の——得意分野でもある。

「それに関しては私に一つ考えがあるわ。それで……二人はシンさんを選ぶってことでいいのね？」

「……うん」「だな」

どうやら心は固まったようだ。

「そのためなら、私の指示に従える？」

真剣に見つめる私に、緊張しながらも二人は頷いてくれる。

「それじゃあ、まず明日の朝、レイドを呼びだすことから始めましょう。そして……」

その後、私たちは夜更けまで今後の作戦をすり合わせた。

【白き雷光】に加入してから初めてパーティーらしいことをした気がする。


翌朝。

宿の食堂に集まった私たち三人は、レイドに厳しい視線を向けていた。

「お、おはよう？　さ、三人とも……朝からどうしたんだよ？」

私たちの雰囲気に違和感を覚えたのか、レイドは困惑した表情で目を泳がせる。

「レイドさん、あなたに話があるの。……いいかしら？」

「お、おう」

私の冷え切った声に動揺したのか、言葉を震わせた彼の返事は小さい。

「――レイド、あなたをこのパーティーから追放します」

「……っ、は、はぁ!?　な、何言ってんだよ!?」

驚きからか、声を裏返らせて焦るレイド。すかさず私の左右から声が続く。

「賛成です」

「私もー」

「レナ！　ニーナ！　お前らまで何言ってんだよ！　お、俺はリーダーだぞ！」

あそこまで不甲斐ない姿を晒して、まだリーダー気取りとは、本当に底が浅い男。

「関係ありません。多数決で決定したのであなたは――追放します」

顔を真っ青にしてその場に崩（くず）おれるレイド、仮に自棄（やけ）になって暴力に訴えても、あの程度の剣術なら攻撃が届く前に返り討ちにできるだろう。

「レナ、ニーナ……最後に何か言いたいことは？」

二人は小さく一歩踏み出すと、見下すような表情でレイドを睨みつけた。

「あ、あなたがシンに言ったこと、許さない。もし、シンに何かしようとしたら、わ、私が必ずあなたに報いを受けさせるから」

少し震えた声だが、しっかりと言いたい事を言えたのか、直後のレナは少し肩の力が抜けている。

「レイド、私たちあんたの女じゃないからな？　ハーレムプレイがしたいんなら娼館にでも行ってな、このスケベ野郎！」

ニーナは、レイドに自分の女扱いされていたことが相当頭にキてるらしい。

そして、最後に私が口を開く。

「あなたに誘われてパーティーに入って、夢に近づいたと思いましたが、ここまで下衆で無能で弱いリーダーとは思いませんでした。目障りですので、冒険者を辞め、一生酒場に引きこもり、取り巻きたちに妄想の話でも吹き込みながら、お山の大将に転職することをお勧めします」

ちっぽけな尊厳を傷つける罵倒に、レイドは涙目になりながら背を向けて、ゆらゆらと立ち去っていった。

「……さて、これで一つ目の問題は解決しました」

「んじゃー」

「次はシンだね」

二人の期待の視線を受けて、私は応えるように胸を張った。

「ええ。まずは私に――任せて」

4章　話があると言われても、もう遅……ちょっとだけですよ？

今日も今日とてギルドに出向くも、あいにく高ランクのクエストがなく、近場での薬草採取に終始していた。

討伐クエストとは違い、地味で疲れるし細かな作業。けれど、この薬草が誰かの命を救い、困ってる人を助けると思えばやる気が満ちて体も軽くなる。

かご一杯の薬草を納品し終えた夕方。少しの疲労を抱えながら宿に帰りつくと、そこに一人の人物の姿を見つけた。

「……ん？　あの人は――」

宿の入り口で立っていたのは、流れるような金色の髪と青い瞳が印象的な、シスター服を纏った賢者のファナさん。先日の事を思い出し、嫌な予感がしてくる。

「こんにちは、シンさん」

礼儀正しく会釈し、品の良い小さな微笑みを向け、待ち合わせでもしていたかのようにこちらに手を振ってくる女性。

まだ三度しか会っていないのに記憶に刻まれてしまったその美貌に見惚れそうになったがなんとか耐え、小さな会釈のみで僕は横を通り過ぎようとした。

「あ、あの！　話を聞いていただけないでしょうか！」

彼女はすり抜ける僕の右手を縋るように両手で握り引き留める。日頃から剣を握る僕のそれとはまるで違う柔らかさと、女性らしい滑らかな肌にドキッとする。けれど、そんな甘い感覚をすぐに切り捨て、絆(ほだ)されるなと自分自身を叱咤(しった)する。

「……申し訳ないのですけど、もうあなたたちに関わりたくないんです。その……帰ってもらえませんか？」

きっぱりとお引き取り願うと、彼女は悲しそうに表情を曇らせたが、すぐに笑みを浮かべ直しこちらの目を真っ直ぐ見つめてくる。

「厚かましいお願いなのはわかっています。ですが、どうか……お話だけでも、ねぇ？」

言葉と共に、彼女は握った手にさらに擦り寄り、僕の右腕に引き寄せられるように体ごと近づく。そして――むにゅんと僕の右腕が柔らかいもので包まれた。

指先の感触よりもふんわりとして、むにゅむにゅと弾力がある、それ。

男の視線を悩ませる、ファナさんの豊満な乳房がピッタリと右腕に張り付いていた。

「お、おっぱ――ちょっと、離れてくだ――」

むぎゅう、と拒絶の言葉を遮るように胸の締め付けが強くなり、それにあてられて脳裏に邪な気持ちが沸き上がる。

「どうか、お願いします。お話だけですから。……お・ね・が・い❤　ちゅっ❤」

丁寧な口調に、ほんのりと悪戯気な色を混ぜたファナさんの言葉。それを言い終わると共に顔が近づいてきて、僕の頬に柔らかいものが当たった。

「キ、キス……!?　あ、きゅ、急になにを――」

「お話を聞いてくれないと――ここでもっとすごい事しちゃいますよ？」

頼まれているはずなのに脅されている。それにもっとすごい事って一体……？

困惑と期待がうずまき、頭が上手く働かずに次の言葉も出てこない。

そんな僕を引き戻したのは耳に届く周囲のざわめきだった。

「おい、あれ見ろよ……」

「すげー美人だな！」

「けっ！　イチャつきやがって！」

野次馬――それも嫉妬混じりな男性たちの声が多い。人で賑わう夕方の町中、加えて目を惹きつけるファナさんの美貌も相まり、かなり目立ってしまっているようだ。

注目を浴びて焦りを覚えた僕は彼女を引っ張りながら、上擦った声で「こ、こっちにきてください！」と宿に連れ込む。

「きゃっ♪　はい、なんなりと❤」

この時の僕は、人の目から逃げることに意識を向けていたため考えもしなかった。

――おどけたような声をあげる彼女が、その大きな胸の内でとんでもないことを企んでいるなどとは。

冷や汗をかきながらようやく着いた宿の一室。ファナさんを室内に押し込んで扉を閉じ、僕はここまでの憤りをぶつけるように声を張り上げて彼女を責めていた。

「急にあんなこと……どういうつもりですか！　そんなに僕の邪魔をしたいんですか！」

殆ど接点のない他人、しかも女性相手に向けるには些か厳しい声色で吐き出した僕の言葉。ファナさんは笑みを崩し、眉を傾け、それをただ申し訳なさそうに受け止める。

「申し訳ありませんでした。ですが、話を聞いていただくために、ああするほかなくて……」

女性のそんな姿を見て罪悪感を覚えると同時に、頭に上った血が元に戻り、少し冷静さを取り戻す。彼女も多少強引だったが、僕も言い過ぎたかもしれない。

追放されたこと。この間のレイドの態度。心に燻ぶるように残っていたそれらへの苛立ちを、無意識とはいえ、直接関係のない彼女に八つ当たりみたいにぶつけてしまった。

「……それで？　お話っていうのはなんでしょうか？」

幾分落ち着いて尋ねると、ファナさんは真剣な表情を浮かべて口を開く。

「実はですね、レナとニーナがシンさんにお話ししたい事があるとのことで……二人に会っていただきたいのです」

「今更、そんな事言われても。僕は……みんなと話したいことなんてありません」

不貞腐れた態度だとは思う。けれどあんな風に捨てられ、あげく馬鹿にされるような言葉を吐き捨てられ、話したい事があるなんて信用できないし、応じる気も起きない。

ファナさんには強引な手段で話を進められたが、これ以上振り回されるのはウンザリだ。

「……そういう事ならお引き取り下さい。僕は会う気はありませんから」

「そう……ですか……」

悲しそうな顔をされても騙されちゃ駄目だ。何を話したいのかは知らないが、今更レイドたちに会ってもどうせろくでもないことにしかならない。

しばしの沈黙。一向に部屋から出ようとせず俯いたままのファナさんだったが、ようやく顔をあげ、その口を開く。

「……ところで。私の今の職は賢者なのですが、実は前職があるんですよ」

話題を無理やり切り替えるような、たわいもない世間話でもするような軽い声音。その表情には先ほどまでの重苦しい雰囲気を払拭するように微笑みがたたえられていた。

「は、はぁ……？」

この人は……いきなり何を言っているのだろうか？

「それをちょっと見て頂きたいのです。……失礼しますね」

言葉と共に彼女は服に手をかけてばさりとはためかせ、解くようにそれをずらしていく。

「――っ！　な、なにをしてるんですか！」

　シスター服を急に脱ぎ出した彼女。その下半身にピンクの可愛らしい下着が見えたところで、僕は急いで後ろを向き、突然始まった脱衣から目を逸らす。

　慌てて顔を背けたせいではっきりとは見えなかったが、隠す物のない、肌色のとてつもなく大きな乳房が一瞬見えた気がした。あれはもしかしたらレナやニーナ以上かもしれない。そんな邪な比較が頭に浮かんだが、急いでそれを打ち消そうと頭を振った。

「あら？　別に私が勝手に脱いでるのですから、そんなに気を遣わなくてもいいのですよ？　……シンさんは紳士なんですね。素敵です❤」

　そんなことを言いながら、背後からはしゅるしゅると衣ずれの音が聞こえ続け、その度に僕の心臓の鼓動が速くなっていく。

「い、いいから！　早く服を着てください！」

「ふふっ、もうちょっとぉ……待っててくださいねぇ❤」

　こちらの焦燥など気にせず、焦らすような返事がファナさんから聞こえる。

　どのくらい経ったのだろう。もどかしいような時間が過ぎた後で衣ずれの音はようやく治まる。

「お待たせしました、どうぞ振り返って頂いて結構ですよ？」

　その言葉に、安堵と少しの心残りを抱えながら僕は振り返り――目を疑った。

「──っ！　な、な、な、なん──」

「ふふっ。いかがですか？　私の踊り子衣装は❤」

そこにいたのは、紛う方なき踊り子。

全体的に紫色の布を纏っているが、余りにも隠している面積が少ない。そのせいで肌をただ晒す以上に艶めかしく見せていた。

胸布はその乳肌や谷間を見せつけるように露わにしており、僅かに身じろぎするだけで柔らかな果実がぷるぷると揺れてこぼれ落ちそうで、いやが上にも視線が惹きつけられてしまう。

腰布はヒラヒラと股下に伸びて、付け根から爪先までその美脚を一切隠す事なく、今にも女性の一番大事な部分が見えてしまいそうだ。

貞淑なシスター服に肉感的な体を押し込んで背徳的な色気を振りまいていた先ほどとはまるで方向性の違う、ただひたすらに性的な魅力を追求した装い。こんなの、直視するだけでどうにかなってしまいそうだ。

「シンさん、どうしたのですか？　なにやら顔がお赤いですが体調が優れないのかしら❤」

……失礼しますね❤」

「ちょっ、近いです──」

僕の動揺を気にせず、ファナさんはキスするんじゃないかと思うほどに顔を近づけてく

る。すると眼前に迫った美しく澄んだ彼女の青い瞳に僕の瞳が映るのが見えた。

やはりとんでもない美人。間近で見るその美貌に呆気に取られているとコツンとおでこ同士が触れ、はずみで鼻もくっつき、僕の視界全てをファナさんが支配する。そんな気分を覚える。

吸い込まれそうな宝石の輝きを放つ瞳。視界だけではなく精神すらも支配されるのではないかと思わせる妖しい美。

「ん～、熱はなさそうですね？　シンさんは一体どうしたんでしょうかね❤」

優し気な瞳はこちらの思考や感情を見透かして、「わかってるわよ❤」と、その目線で語りかけてくるようだった。

「だ、大丈夫ですから、離れてください！」

理性を振り絞り、淫靡に迫るファナさんの肩を掴み押し返す。

柔らかな体に触れた緊張感。突き放した事により豊かな乳房が軽やかに舞う姿。それらにあてられて自分の息が乱れていき、顔も熱を帯び始める。

「あら、失礼しました。……それでいかがですか？　私の服❤　以前は踊り子としてパーティーに参加したり、舞台に出ていたりしたんですよ？」

「ど、どうと言われても……」

「……お気に召しませんでしたか？」

僅かに顔を傾けた子犬のように愛らしい上目遣い。ここまでの美女にこんな風に見つめられてしまえば下手な事などは言えなくなる。

「き、嫌いとかでは、えっと、その……と、とってもお似合いだと思いますけど……」

僕の覚束(おぼつか)ない褒め言葉を聞くなり彼女は瞳をキラリと輝かせ、引き剥がしたはずなのに、再び飛び込むようにこちらに近づき、……むにゅん❤

互いの距離を一瞬で詰め、ファナさんはその乳房を押し付けるように僕の体に抱き着き、背中に手を回して固定する。

もしこれがダンジョンの罠(トラップ)ならば、世の男たちは必ず引っかかり、抗うことなく敗れるかもしれない、そんなよくわからない感想が自然と頭に浮かんだ。

「シンさんのような紳士な方にそう言ってもらえるなんて……とてもうれしいです❤」

喜びを表しているように胸をむぎゅむぎゅと僕の体に当てながら、ファナさんは満面の笑みを浮かべる。

宿の入り口で味わった胸の弾力。布面積を大きく減らした踊り子衣装のせいでそれはより鮮明に僕の肌に伝わってくる。

――今すぐ自分の服を脱ぎ捨て、その柔らかさを直に味わいたい。

――いいや。騙されるな。流されるな。早く彼女を引き剥がさなくては。

邪な欲望と理性的な感情。相反する二つが頭の中で混ざり拮抗する。

「どうしましたか？　はぁはぁと息が荒いですよ❤　もしかして本当に体調悪いんじゃないですか？　私、心配ですぅ❤　よろしければ、ふふ……介抱いたしますよ❤」

僕の内心の葛藤など気にもせず、ファナさんはむぎゅむぎゅとさらに強く乳房を押し当て、そのせいで胸が圧迫されて呼吸が若干苦しくなり、息が詰まった。

この媚びた声音も、心配するような言葉遣いも、温もりも、全て偽り。彼女は自分の武器を用いて僕を懐柔しようとしている。頭ではそうわかっているものの、先ほどまでのような抵抗の言葉一つ発せられず、僕は体に与えられる気持ち良さ——じわじわと塗り広げられていくような快楽をなすがままに享受して硬直していく。

「……ねぇ❤　レナとニーナのお話、聞いてあげてくれませんか？　お願い❤」

胸を押し付け、ウインクをしながらのファナさんのお願い。今の僕の精神状態では、それはお願いではなく命令のように聞こえる。

ファナさんのお願いを聞いてあげたら、どんな笑みを浮かべるだろうか。それに……もしかしたら感謝されて何かしてくれるかもしれない。——いや、違う。僕は何を考えているのか。これは罠。彼女の美しさに酔わされて、正常な思考を崩されてはいけない。

「そ、それは……あぅ……だめ……で——」

「もう、そんなこと言わないでください❤　ほら、気持ちいいでしょう❤」

抵抗しようと口を突いて出た決意を遮るようにふにゅんと押し付けられた柔らかさ。

感触。体温。美貌。逃げることも抗うことも許さないそれらの猛攻に、心の鎧を丁寧に脱がされていくようだ。

「我慢しないでください❤　気持ちいいことだけで頭空っぽにしちゃいましょう❤」

むにゅむにゅの乳房と吐息交じりの官能的な言葉。それらが甘く手招きする方へ、我慢する必要もない楽な方へと心が傾いてしまいそうになったその時、ふいに部屋の隅に立てかけておいたものに目が向く。

それは一人になって初めて受けたクエストで討伐したドラゴンの牙。殆どはギルドに売ってしまった中、唯一手元に残した貴重な素材。これは高価な物であると同時に僕が自分一人の力で強敵を倒したという証明の品でもある。

ここで僕は何をしてる。思い出せ。馬鹿にされ、追放されたあの日のこと。罵声とともに捨てられたあの時の事を。そうだ。僕は――。

頭が結論を出すより先に体が動き、

「――きゃっ！」

相手に気を遣う余裕もなく、勢いのまま手をドンと突き出して彼女の体を引き剥がす。

――僕は決めたのだ。一人で。自分の力で生きていくのだと。

「そ、そんな色仕掛けでどうこうしようとしても無駄です！　何をされても僕の意志は絶対に変わらない！　皆には――もう会いませんから！」

床にお尻をついて倒れたファナさんは笑みを崩し、体を強張らせて信じられないものを見るような表情を僕に向ける。

「ま、まさか、そんな……」

おおかた、自分の魅力が通用しないことに動揺でもしているのだろう。その沈んだ表情を見ると多少の気後れを感じるが、そんな悠長な思考は頭を振ってすぐに消し去った。

「……シンさんの意志はわかりました。そうまで言われては致し方ありません」

俯いたままそう呟くファナさんは床に手を突き、腰を持ちあげてゆらりと立ち上がり、僕から顔を逸らすように背を向けた。

ようやく諦めてくれたか。そんな安堵が体を満たし、一息ついて、僕は意識を緩める。

いや――緩めてしまった。

「それでは――」

小さく呟き、ゆっくりとこちらへ振り返ったファナさん。だが、何かがおかしい。

納得してくれたはずのその表情に失意や諦めなどがまるで感じられず。むしろ挑発的――こちらに挑んでくるような笑みが張り付き、僕を見つめている。

「――本気で行きます❤」

「な、なにを――」

油断して動けない僕をよそに、彼女は素早く腕を振り上げ、粉のようなものを部屋中にばらまいた。ピンク色のそれは、光できらきらと反射して宙を舞い、空中で広がり、部屋を淫靡な色に染めた。

やけに甘い匂い。鼻を通して体に侵入してくるそれによってもたらされる経験したことのない感覚が広がっていく。弛緩を伴う安らぎと共に高揚させるような熱が体内で混ざり合う不思議な気持ちに困惑してしまう。

「ふぁ……しまっ――ファナさん。あ、あなた！　ど、どういうつもりですか！」

一瞬うっとりとさせるその匂いに気を取られたが、少し遅れてようやく体が反応でき、抗議の声をあげてファナさんに視線を向ける。

出方を窺うようにじっと目を細めて睨みつける僕の目の前で、彼女は笑みを深め、突然ゆらりゆらりと優雅に体を動かしだす。

腰を前後に艶めかしく振り、腕をこちらに伸ばして誘うような手招き。

両手で、頭から順に悩まし気に体の線を強調しながらなぞったと思えば、宙を舞う妖精のような華麗な回転。

そして、動くたびに揺れる胸を寄せ上げ、谷間を強調して大きさを主張し、自分で軽く突いては柔らかさを見せつける。

お尻を突き出して振り、あざとく唇に手を当て、音がしそうな投げキスをしたりと、彼女は淫らに舞い踊り始めていた。

妖しく舞う踊り子。ピンクに煌（きら）めく背景も合わさってどこか幻想的なその姿を前にして、僕は見入ってしまう。

決意を固めて彼女を拒絶したはずだ。それなのに頭が、体が、心が、踊りを止めようとすることを許さず、逆にそれを求めるように凝視する。まるで、自分の体が誰かの意思で操られているように。

「……《テンプテーションダンス❤》……いかがですか？」

なおも踊りながら彼女は僕に問いかけるが、返答するための口が動いてくれない。

「これは踊り子の時に獲得したスキルなんです。ふふっ❤　魔物でも人間でも、男を夢中にさせて行動不能にさせる便利なスキル❤　……シンさんもすっかり術中ですね❤」

（て、抵抗しないと……でも、この踊り……見るとぉ……体も頭もなんか変にぃ……）

「さあ、もっと私のことを見て❤　もっと私の体の虜（とりこ）になって❤」

激しくなる踊り。それは、次第に僕の体に絡みつくような動きへと変化していく。

背後に回って背中に胸を押し当て、擦るように体を揺らして離れる。

かと思えば正面に現れ、僕の顎を猫相手にするように撫でながら持ち上げた。

耳に近づけば、温かい吐息を吹きかけて、官能的な「あぁ～ん❤」という声で僕の情欲を揺さぶる。

胸板を指でなぞり、わき腹をくすぐられ、敏感な股間の付け根を触られる。

そんな動作をされるたび、僕の口からは「はぅ!」「ふぁぁ」「ひんっ」「くふぅ」と情けない喘ぎが漏れ続けて、頭が部屋に舞う粉のようにピンク色に染まってしまう。

気づけば、部屋に漂う甘い香りはさらに強くなり、鼻から息を吸うたびに喉に絡みつくような濃いものへと変化していた。

されるがままそうしていると次第に頭がくらくらし、より一層ファナさんの踊りから目を逸らすことができなくなる。

『シンさん❤』『シンさ～ん❤』『シ・ン・さ・ん❤』

ぼうっとした頭に響き、反響するいくつものファナさんの囁き。これは魔法やスキルなのだろうか。それとも、踊りに目が眩(くら)んだ僕の頭が生み出してしまった幻聴なのか。

『こっち向いて❤』『私の体を見て❤』『ほらほら、ここぉ❤』『綺麗でしょう❤』

様々な方向から。矢継ぎ早に。そして同時に。口から発せられているとは思えないそれが頭を震わせ脳を埋め尽くす。その声に流されるまま、淫らな肢体を無理やり意識させられる度に僕の興奮は高まり、気づかぬ内に股間は大きく膨らむ。

男を惑わす魔性の肉体。そして、それをより扇情的に見せる踊り。理性を蕩かす声音。

彼女から一時も目が離せない。

『揺れるおっぱいを見て❤』『シンさんがずっと目で追っていた爆乳ですよ❤』

跳ねて、揺れて、つぶれて。絶えず形を変化させるおっぱいは、甘く僕を誘惑し続ける。

『丸見えのおへそとお腹が可愛くて目が離せない❤』『足もスラーっと伸びて綺麗で擦りつきたくなる❤』『布の奥の股間。見つめてると興奮しますね❤』

肉付きのいい、下半身。そこに見える、男を夜のベッドに誘うような官能的な動きは、僕をからかい、発情させるために生み出されたのかもしれない。そんな馬鹿げた発想が浮かぶくらいまで興奮が高まり、混乱が深まる。

『ほらウインクしてあげます❤』『頭真っ白にして、私の虜になっていいんです❤』

母性溢れる笑顔から優しさの色は消え失せており、嗜虐性すら感じるその自信に満ちた笑みは、自らの魅力をどう使えば男を操れるかわかっていると言わんばかり。

出会ったとき、咄嗟にサキュバスと頭に浮かんだ想像は間違っていなかったみたいだ。

「ふぅー❤　……ねぇ、シンさん❤」

爽やかな、しかし淫靡な風が耳朶（じだ）を打ち、吐息交じりの声音が呟かれる。先ほどまでの矢継ぎ早な囁きたちとは違う、彼女の温かい熱を感じさせるそれ。

「……私のお話……聞いてくれますよね❤　ふふ❤」

否定しなくちゃ。拒否をしなくちゃ。そんな思考は頭からどんどん追いやられ、彼女の言葉への抵抗感が薄れていき、ただあるがままそれを受け入れてしまう。

「……はい」

自分の物とは思えない、大人しく従順な言葉がすんなりと口をついて出た。

「……自分で言うのもなんですけど、踊り子としての私、とても優秀だったんですよ❤」

踊りを止めてそう話す彼女を見つめて、僕は身動きせず、その語り部のように澄んだ声に聞き入る。

「……才能だったのでしょうね。人を惑わす方法が簡単にわかっちゃうんです❤」

その目つきだけで彼女の言葉が嘘ではない事がわかった。

「だから、踊り子のスキルは全部習得しましたし、今もちゃんと使えるんです❤　たとえば、先ほどからずっと使っていたこれ。ねぇ――」

耳を舐められそうな程近くから聞こえる彼女の声。

『シンさん❤』『うふふ❤』『くすくす❤』

同じ声色。だが出どころもわからず、響き方もまるで違う何重もの声が再び頭を犯すようにいくつもいくつも聞こえてくる。

『私のお願い聞いて❤』『私のこと好きになって❤』『エッチな踊り子のいやらしい姿❤』『たくさん妄想して気持ちよくなって❤』『柔らかぷるぷるおっぱい❤』『おっきくて掴みたくなるお尻❤』『長い脚に顔を近づけたい❤』『好きになって❤』『大好きになって❤』

『『『『『お願い❤　シンさん❤』』』』』

様々な方向から聞こえる、複数の甘さを煮詰めたようなファナさんの声。

それを聞くたびに体の火照りが加速して、風邪をひいた時みたいに意識が朦朧とする。

（こ、これ……❤　だめ——頭がゾクゾクしてぇ……❤）

けれどそこに不快感はなく、どこかふわふわとした不思議な気持ちだけが募っていく。

「これが《スイートボイス❤》スキルで言葉をたくさん囁き、男の人を気持ちよく、混乱させるんです❤　あとは、こんなのはいかが？　……ん～ちゅっ❤」

（唇……ぷるぷるしてぇ……柔らかそう……❤）

力を溜める様に唇に指を押し付けて離すゆっくりとした投げキスに思わず見惚れる。先ほど踊りの中で動作の一環として行っていたそれとは違い、しっかりと魔力を込めたそこから、ぽわぁ～ん❤　そんな音と共にピンクのハートマークが飛来する。

（よ、避けなきゃ……あぁ……でもぉ……あ、当たっちゃうぅ……❤）

ふわふわと向かってくるそれが僕の唇に当たり——弾けて消えた。

瞬間、体がドクンと奥底から震える。そして目の前の彼女を見るだけで、切なく、甘く、気持ちいい——そんな不思議な感情が湧き上がってきて止まらない。

（な、なにこれ……？　なんか、ファナさんを見てるとさっきよりもドキドキが、止まらない……）

「ふふっ❤　これは《チャームキス》って言って……これを受けた男の人は私のことが好

きになり、恋しちゃうんです❤　あっ、もちろん短時間で効果は消えるから安心してください
ね❤　まぁ、お気に召したのなら、ずっと恋……させてあげてもいいですけどね❤」

　説明しながら、可愛らしく舌を出し、頭をコテンと横に倒すファナさん。その仕草を見るだけで鼓動が速くなり、好意が膨らんでいくような気がした。

（あぁ、好きぃ……❤）

「ふふっ、気持ちよさそうにふらふらしてますね？　無理せず、さ、こちらにどうぞ❤」

　体に力が入らず上手く動けない。彼女はそんな僕の背中を押してベッドへと誘導し、ゆっくりと座らせて、目線を座った僕に合わせるように前かがみになった。

　そんな体勢をとったせいで、重力に引っ張られたおっぱいが下に伸びて、その大きさをさらに強調する。振り子のように左右にたぷんたぷんと揺れる二つの膨らみを目で追ってしまえば、僕の股間の疼きがドクドクと加速していく。

「――シンさん❤　さっきの話の続きですけど、レナとニーナに会ってくれませんか？」

　レナとニーナ。二人の名前を聞いて、僕は今すぐにファナさんに頷きたい気持ちと、負けてはだめだという頭の片隅に残る思いに挟まれ、なんの反応もできなかった。

「……そう、ふふふ❤　そんな目を蕩けさせてもまだ抵抗できるのですね❤　さすがです❤　意志の強いあなたに敬意を表して……これで最後にしましょう❤」

　囁いた彼女は、小さく揺れているおっぱいを、より大きく、弾ませるように体を動かす。

たっぷぅん❤　ぱちん❤　たっぷぅん❤　ぱちん❤

揺れるたび、そこから柔らかな音が響き、甘い匂いが増していく。

「もしもシンさんが私のお願いを聞いてくれるのでしたら、踊り子のスキル、《ぱふぱふ❤》してあげますよ？　……知ってますか？　ぱ・ふ・ぱ・ふ❤」

ぱふぱふ……その甘美な響きはもちろん知っている。冒険者や魔物が使うスキルで、おっぱいで顔を挟み、揉みつぶすようにして男性を行動不能にしてしまう技だ。

以前他の冒険者から、サキュバスにぱふぱふされた時の話を聞いたことがある。

天にも昇る心地よさで、一歩間違えばそのまま虜になって命を落としかねない――命を落としてしまっても良いと思える危険な状態だったと教えられた。

レナやニーナと行動を共にするようになってから、どんどん爆乳への興味が増していった僕の好奇心を掻き立てたその話。温かさに挟まれたらどんな気分だろう。柔らかさに揉みくちゃにされたらどれほど気持ちが良いのだろう。そんなことを想像し……時に二人にされていることを妄想して、罪悪感を覚えながら自らを慰めたりもした。

「その表情、ふふっ。……ぱふぱふを知っているようですね❤　ねぇ、シンさん？　味わいたくないですか？　――私のぱふぱふ❤　……ただ、レナやニーナと会うだけ。それだけでいいんです❤　別にその後どうしようとかまいません❤　……それと――」

彼女は言葉を止めると共に、両手でおっぱいを左右から押さえつけて、はみ出るくらいにぎゅうっと中央に押しつぶす。

「――ぱふぱふは、お願いを聞いてくれたお礼の前払い❤　ちゃんと二人に会って話を聞いてくれたら、もっとすごいお礼……してあげますよ❤」

ファナさんは両手で寄せた谷間で、何かを挟んですりつぶすように大迫力の爆乳を上下に動かす。何をするとも言われてないのに、動きを見ただけで僕の股間はその行為を想像して、それを求めるようにびくびくと痙攣しだした。

『シンさん、お願い❤』『ただ会って話すだけ❤』『それだけでぱふぱふを味わえる❤』

再び、ファナさんの声がスキルの効果で複数聞こえてくる。

『大好きなおっぱい❤』『チラチラ気にしていたおっぱい❤』『頷くだけでいいんですよ❤』『それに、もっとすごいお礼❤』『気になる❤』『シンさんに不都合なんてない❤』『むしろ得しかない❤』

僕に損はなくて、おっぱいが味わえる……❤

「だ・か・ら……❤」

『『『『『お・ね・が・い❤　頷いて❤』』』』』

理性が、思考が、懊悩（おうのう）が消え、僕はぼんやりしたまま彼女の声に流され肯く。

硬く強張っていた体は締め付けから解放されたように一気に力が抜けて弛緩する。

支えを失ったように揺れる僕の首、その虚ろな視線にはおっぱいだけが映っていた。

「……私のお願いを聞いていただき、ありがとうございます❤　……それではまず、お礼の先払いですね❤」

（ぱ、ぱふぱふぅ……おっぱいもらえるぅ……）

「大好きなおっぱいを見てくださいっ❤　……そうです、そうやってしっかり見て❤　……少しずつシンさんのお顔に近づいていきますよ❤　……もうちょっと、もうちょっとですよ❤　……はぁい❤　ぱぁーふん❤」

じりじり近づいてきたおっぱいが、ぱふんと顔を包んだ瞬間、密着している部分だけじゃなく頭の中まで柔らかさに触れたような気持ちよさを感じた。

「ぱふぱふ❤　ぱふ〜❤　ぱふ〜❤　……これがスキル《ぱふぱふ》ですよ❤　どうです、気に入りましたか？　……ふふっ、おっぱいの中でコクコク頷いてます。どうやら気に入って頂けたようですね❤」

（これ、すご……なんも考えらんない……❤）

柔らかなおっぱいが顔の形をなぞるように撫でて、揉んで、押しつぶして。

おっぱいはひたすらに感触と甘い匂いを僕に味わわせる。

それだけでなく、頭上からファナさんの声が震えとともに伝わって耳に入るたびに、脳内をかき混ぜられるような快感が生まれ、体を駆け巡っていく。

「《ぱふぱふ》は、男の人を戦闘不能にするのは勿論❤　魅了耐性が少ない人ですと、洗脳することだってできるんです❤　これを使って男性冒険者や魔物を同士討ちさせたり……ふふ、とても便利でしょう？　……シンさんはいかがですか？　洗脳❤　……されてみませんか❤」

洗脳。おっぱいに洗脳。洗脳されたい。ファナさんの言葉に引き寄せられるように心で繰り返すと、自分の思考や煩悩、欲望が塗りつぶされていくようにそれ一色に染まる。

（ファナさんのおっぱい❤　……おっぱいで洗脳❤）

「……ん？　あらあら……シンさんの瞳にハートマークが浮かんできてますね❤　……もしかして、少しぱふぱふしただけで洗脳状態になってしまったんですか？　ダメですよ？　強い冒険者なら、魅了耐性もしっかり鍛えなくちゃ❤」

声が響いて体がビクつく。おっぱいの感触は止むことなく続き、むしろ強くなっていく。柔らかさに潰されるたびに、頭の奥に経験したことのないチリチリとした快感が溜まる。

「……では鍛えてあげましょうか❤　――は～い❤　踊り子の必殺ぱふぱふです❤　むにゅむにゅ❤　たぷんたぷん❤　気持ちよさを受け入れてください❤　もっと深くおっぱいを感じて魅了耐性を上げましょう❤　息を吸ってぇ……甘い気持ちよさが体に広がります❤　息を吐くと……体の力がだらんと抜けてしまいますね❤　これがぱふぱふ❤　男性

を幸せに敗北させるスキルです❤」

匂い、感触、声、それらが重なりどんどん体が熱くなり、頭の奥の快感が増えていく。

「シンさん、頭がガクガクしてきましたね❤　……大丈夫ですよ。ぱふぱふに耐性がない方はそうなってしまうことがあるんです❤　……それ。とても気持ちいいでしょう？　ふふっ、ぎゅっぎゅぅぅ～❤」

おっぱいが頭の中に侵入して気持ちよく触られるような、くすぐったくも気持ちいい感覚が上り詰める。射精する直前に似ている気がするけど、その時と比べ、体には力が入ってないし、興奮というよりも安らぎや未知への恐怖みたいなものを感じる。

「おっぱいの中で震えてて可愛いですよ❤　そのまま身を任せると頭だけで絶頂出来ますからね❤　……むにゅ❤　ぎゅっ❤　ぱふぅ～❤」

気持ちよさが際限なく高まり、次第に視界がぼやけ、感触に心がトロトロと蕩けていく。

「絶頂してくださいぃ❤」

（もう、ダメぇ……❤　なんか……くるぅぅ❤）

「これはお礼です、ぱふぱふで気持ちよくなりましょう❤」

（おっぱい。おっぱいが、おっぱいぃぃ……❤）

「おっぱい耐性ゼロのシンさん❤　……おっぱいで……イけ❤」

びくっ、びくん……びくびく。

視界も頭も真っ白になり、体がガクガクと痙攣する。多幸感のようなものが頭から溢れ出して、それが体中をくすぐるように巡り股間の奥で弾けた。

ペニスからは精液ではなく、溢れるほどの先走りが流れ出して、下着や服を濡らす。

「ふふっ、びくびくして可愛い。ちゃんと絶頂できたようですね❤　……シンさん？　今、とても気持ちいいでしょうが――もちろんこれで終わりではありませんよ？　さぁ……もっと強く、おっぱいを……むにゅむにゅ❤　ぱふんぱふん❤」

体が絶頂を感じてる最中、さらにおっぱいの圧迫や匂いが強くなる。気持ちよさが弾けている頭に、快感が無理矢理詰め込まれるようにどんどん増やされていく。

「精液を出さず、頭だけで絶頂❤　これ、連続して好きなだけイけるんですよ❤　……さぁ、イって❤」

びくっ、びくっ、びくぅ……びくびく。ぞくぞく。

また快感が弾けた。そして、そのままさらに気持ちよさが膨れ上がる。

「上手ですよ❤　もっと強くおっぱいをすりすり❤　シンさんはおっぱい大好きですもんね❤　……この間もレナやニーナのボロボロの恰好のおっぱいやシスター服を張りつめさせてる私のおっぱいに釘付けでしたし❤　……ほら、イっていいですよ❤　むにゅん❤」

びっくぅ、びっくぅ……。びくんびっくん。

「シンさんのようなおっぱい好きな男性はどんなに強くても私には勝てませんね❤　ですの

で、落ち込んだり、気にしなくて大丈夫です❤　ただ快楽を受け入れてください❤　なすがままおっぱいで……イきましょう?　ほら❤」

ぴくぴくぴく……。びっくびっく。

「どんどん反応が良くなりますね❤　好きなだけ❤　狂うほどイってください❤　おっぱいの中で頭を馬鹿にしてください❤　……イって❤　……イけ❤　……イきなさい❤　……イ～け❤」

むにゅむにゅ❤　たぷたぷ❤　びくびくびくびくびくぅ……。

度重なる快感に中も外も愛撫され、跳ねて、痺れ、体が動かない。

「あ、あぁぁ……うぅあぁ……❤　ひゃぁうぅ……❤」

これだけの快楽――かつて体験したことのない刺激を流し込まれて、それが気持ちよく弾けたのに、まだ意識があり、口から赤子のような呻きが漏れるのが不思議なくらいだ。

「……おしまいです❤」

長い間抱きしめていた僕の頭を胸の谷間から解放して、トンと優しくファナさんはこちらの肩を押してきた。その勢いのままぽふっと軽い音を立てて僕はベッドに仰向けになる。

（あぁ……ファナさん……❤　おっぱいぃぃ❤）

未だ絶頂の余韻を残す快感。解放されたことの寂しさ。もっとおっぱいを欲しがる欲望。いくつもの感情が入り乱れて言葉も出せず、体ももちろん動かすことが出来ない。

そして視界を遮るようにファナさんが覆い被さり、上から僕のことを見つめた。

「……それではシンさん❤　あなたには約束通りレナとニーナと会ってお話をしてもらいます❤　……日時は明日の夕方。私がここに迎えに来ますので部屋でいい子にして待っていてくださいね❤　ふふ……ちゃんと果たしてくれたらお礼❤　……ですからね？　忘れないでくださぃ❤」

悪戯気なウインクを残して上から退いた彼女は、ベッドに横になっている僕からは見えない位置でガサゴソと衣擦れを響かせながら着替え出した。その微かな音だけでもペニスが小さく跳ねて心地よくなれる。

やがて着替えが終わった彼女はシスター服をしっかり着て、再度僕の上に現れた。

「それではシンさん、本日はこれで失礼します。お疲れでしょうし、今日のところはごゆっくりお休みください。……あぁ、それと――」

横にズレ、体――おっぱいがギリギリ当たらない位置を保ちながら彼女の口が僕の耳元に近づく。

「私の事を――おっぱいの気持ちよさを思い出して興奮してもいいですけど――明日のお礼のために自慰は、が・ま・ん❤　ですよ？　……それでは失礼します❤　ふぅ～❤」

甘い囁きと吐息。些細な、しかし深い爪痕のようなものを残して彼女は静かに部屋から消える。

そのまま僕は着替えることも出来ずに体の熱を持て余し、ベッドで横になって悶々としながら眠りが訪れるのを待った。

ファナさんが許したとおり、あのおっぱいの感触を思い出しながら。

体とスキルを用いたシンさんへの説得。それを終わらせ、私は早々に宿へと帰った。

「レナ、ニーナ？　ただいま戻りました」

三人で泊まるために取った新たな宿の一室。私の帰りを待っていたのか、二人は勢いよく扉まで来て姿を見せる。

「お、おう。おかえりー！」

「おかえりなさい……それでシンは……？」

元気そうではあるものの窺うような視線を向けるニーナと、目に見えて気にするレナ。

そのどちらの表情も受け止め、私は胸を張りながら勿体ぶらずに結果を口にする。

「成功です。明日二人に会って話をすると約束してもらいました。後は計画通り。二人には明日シンさんに謝罪と『お話』をしてもらいます。いいですね？」

私の試すような視線に、ニーナは鼻息荒く「よっしゃ！　まかされた！」と声を返し、レナはどこか緊張したように顔を赤く染めて頷いた。

「大丈夫です、まだ時間はありますので、二人にはしっかりとシンさんとの『お話』の仕方を教えてあげますよ……❤」

その後、私たち三人は明日のための話し合いや指導をしながら夜を過ごした。

私たちのこれから。そして彼のこれから。全ては――明日決まる。

5章　今更許してと言われても、もう遅……ゆ、許しますぅ

ファナさんが部屋を出てからどれくらい経ったのか。

空腹感を感じて目を覚ますと夜はとっくに終わり、太陽が頂点から傾きだしていた。

(……夕方迎えに来るって言ってたよね？　……軽くご飯でも食べておこうかな)

味もよくわからないまま遅めの昼食を済ませた後、水浴びで体を清める。

その間、冷静になるよう心がけてはいたものの、難関クエストに挑む時のような緊張感と、浮つくようなドキドキが入り混じりどこか落ち着かなかった。

(レナやニーナと会って話すだけ。……そう、ただ話すだけでそれ以上は何もないんだ。それに、約束を果たせばまた――ち、違う！　別に何も……何もないんだ)

その後の事に想像が及びそうになり、慌てて頭から打ち消す。下手な事をして、昨日みたいに主導権を握られちゃダメだ。冷静……冷静でいるんだ。

結局、身支度を済ませ、出かける準備を整え終えてからも煩悶は続いた。平静を保とうと思えば思う程、思考はそれとは裏腹に余計な事ばかりを考え始めてしまう。

そうこうしてどれほどの時間が過ぎたのか。待ち望んでいたような、来てほしくなかったような音――扉が静かに叩かれ来客を告げる音が耳に届く。

「――シンさんこんにちは、ファナです。約束通り迎えに来ました」

昨日、散々聞いた声が壁越しに響いて来る。その声音を聞くだけで胸が少し跳ねる。

（れ、冷静になれ。昨日のことはスキルのせいなんだ。ただ二人の話を聞いておしまいにすればそれで終わり。それだけ……それだけだ）

執拗に深呼吸をして、落ち着けと自分に何度も言い聞かせてから扉を開くと、そこにはシスター服を着た美女が、背筋を伸ばして立っていた。

昨日の情事を嫌でも思い起こさせる、ぷるんと突き出した胸。そこから意識を必死に逸らし僕は口を開く。

「ど、どうも、お待たせしました」

「いえ、こちらこそ無理なお願いを聞いて頂き感謝しております。……それでは参りましょうか」

僕と部屋の様子を一瞥し、彼女はそのまま背を向けて歩み始め、僕もそれに付き従う。

背中の向こう。ファナさんの表情は窺えないままに。

二人で通りを歩き、しばらくして着いたのは装飾も華美で高級そうな宿屋。この【イパネの町】ではあまり見ないようなそこは、おそらく一泊するだけでも他の宿の何倍もお金がかかるのではないだろうか。

そのまま受付を素通りして階段を上る。先導するファナさんのシスター服越しに見える揺れるお尻や、スカートのスリットから覗く足に時たま目を奪われては逸らしと、キョロキョロしながらついていき、気づいたら最上階の部屋の扉の前に到着していた。

「……改めて確認ですが、シンさんはここで二人のお話を聞いて頂くだけで結構です。どう判断するかは全てシンさんにお任せいたします」

「わ、わかりました」

肩を少し震わせながら答える僕が可笑しいのか、彼女は小さな微笑みを浮かべて、こちらの耳元に顔を近づける。

「……そんなに緊張しなくて大丈夫ですよ❤　これが終わればお礼❤　ですからね❤」

「べ、別にそんな。その……」

「うふふ……❤　ではそういう事で。さぁ……二人が待ってますよ？」

蠱惑するような言葉を紡ぐ彼女に何か言おうとするも、ただ動揺を悟られただけ。

そして促されるまま、静かに扉を開いた。

部屋に入ると短い通路があり、その奥にまた扉。安い宿とはやはり作りが根本的に違う。もう一歩室内に踏み出した瞬間、ガチャンと背後の扉から鍵を閉めた音が聞こえて僅かに焦りを覚えたが、いざとなれば扉を破壊して逃げればいい。そう考えて一つ息を吐き出し、油断を捨てて、僕は部屋に繋がる扉に手をかけ開く。

「――な、なんで!?」

中には予想通りレナとニーナの二人がおり、ベットに並んで腰掛けていた。

僕が驚いてしまったのは二人の恰好のせい。

「よっす！」

「シン。来てくれて、あ、あり……がとう」

二人は上下ともに下着だけしか着用しておらず、艶めかしい肌が丸見えだったのだ。

日頃、肌をあまり晒さないレナの真っ白な体は、胸と股間の僅かな部分だけを隠している布面積の少ない真っ赤な下着を着けることにより、普段の秘めた色気をより扇情的に主張している。

逆に、普段は露出が激しいニーナは同じく下着のみでも、小さなリボンが印象的な色気よりも可愛らしさをアピールしたピンク色のもので、常時よりもどこか愛らしい。

そして、真っ白なレナとは反対に日に焼けた肌は下着姿になったせいでやけにいやらしい。普段は服に隠されて日焼けをしていない部分が晒され、それによって生まれた色の違いが、無性に艶めかしく、僕の情欲を煽ってくるようだ。

そんな二人に共通するのが、下着から溢れんばかりの乳房の存在。

互いが僕の頭ほどもありそうな爆乳。その谷間を、揺れる様子を、惜しむ事なく見せつけられては、いやが上にも僕の視線は釘付けになってしまう。

ずっと、共に冒険をしていた時からチラチラ気にしていたそれが、下着越しとは言え目の前にある以上、冷静さを取り繕うことなど出来るわけがない。

「ふ、ふたりとも、な、な、なんて恰好してるの！　ふ、服を着て——」

僕の言葉を遮るように立ち上がった二人は制止の声を聞きもせず、両腕に抱きついてきて——むにゅん❤

「ちょ、ちょっと！」

両腕に二人の乳房がしっかり当てられ——いや腕を挟む形で包み込まれる。

左右から感じる温かさと柔らかさ、その余りの快感に二の句が継げない。

「なぁ……いいじゃんか、別に」

「立ち話もなんだから、座ろ？　……ね？」

僕の動揺など気にもしない二人に腕を引かれ、あれよあれよという間にベッドに座らせられる。座った後も二人は抱きしめた腕を離さず、右側にニーナ、左側にレナという形で、広いベッドの中央で身を寄せ合うように男女三人が密着する。

「は、話は聞くから、と、とりあえず離れて！」

そんな悲鳴も二人は気にも留めず、むしろ、よりしっかりと胸を押し付けてきた。

「ちょっとしたもてなしだ、気にすんなよ❤　……お前好きだろ？　——おっぱい❤」

パーティー内ではいつも明るく元気な、ニーナの色気に溢れた声色に僕の体は小さく震

えてしまう。

「べ、べべつにそんなこと!?」

「まーまー強がんなって、私たちはわかってってっからよ」

したり顔のニーナがどこか優し気に囁く。

「あのね、シン。聞いて欲しいことがあるんだ……お、お願い」

続いて左から聞こえるレナの羞恥の混じった声。ニーナほど大胆な事に慣れていないだろう彼女は少し緊張しているのかもしれない。

今にも情事が始まりそうな場の空気に呑まれ、僕は返事も出来ず、石のように固まってしまう。その無言を了承と捉えたのか、レナは言葉を続けた。

「あの、ね？　……信じてもらえないかもしれないけど、私、本当はシンと離れたくなかったの。一緒にもっと冒険したかった。……でもレイドが最近のシンの状況を見てクビにするって言い出して、断ったり私が一緒に脱退したりしたら、シンに酷いことをするって言われて、何も出来なかったの。……い、今更こんなこと言ってもズルいよね。でも、でもね？　シンにちゃんと謝りたかったの。……ごめんね」

真剣なレナの独白を聞きながらも、僕の意識の多くは依然腕に感じる胸の感触に向いていた。言葉に熱が籠もるたびに、形を変えながら触れて包むその柔らかさに、伝えたいことはつかえ、上手く言葉が返せない。

「そ、そう……」

結局、僕は許すでも罵倒するでもなく、相槌を打つことしか出来なかった。

「大事なのに、レイドが怖くて諦めちゃったの。それでシンは助かるなんて思って苦しめて……あげく自分の力を驕ってクエストでもボロボロになって、みっともない女だよね」

誠実にそう言うレナに、少し胸の奥がズキンと痛む。

「私もな……」

レナに続いて、ニーナも贖罪するように言葉を紡ぐ。

「シンが最近怪我ばっかしてっから、危ないんじゃないかって思ってさ。今は助けられるけど、これからさらにランクが上がってもっと危険な場所に行ったり、強い相手と戦うことになったりしたら手を貸せないって思ったんだ。……実際、助けられてたのは自分たちだったってのに馬鹿だよな。……ごめんな」

いつも明るさを振り撒き、能天気なことしか言わない印象があるニーナすらも、神妙な口振りで謝罪を口にする。

「そっか……」

僅かな沈黙の後、二人の胸の感触にも少しは慣れ、言葉を反芻することが出来る様になった僕の口から漏れたのは、許すでも許さないでもないただ曖昧なだけの言葉だった。

（二人の言い分はわかったけど、それでも僕はやっぱり……長い間、苦難を乗り越えてきたみんなからの仕打ちを簡単に、笑って流すことは出来ないよ……）

「二人の言いたい事はわかったよ。それでも、僕は――」

「――だからな、シンにお詫びがしたいんだ❤」

むにゅり、と右側のニーナの胸の圧力が増し、僕の返答を聞かんとするかのように彼女は喋りだす。

「シンには悪いことした、だからお詫びがしたい。当然だろ？　だからお前も、なんも気にしないで楽しんでくれよ❤　……この状況をさ❤　な？」

そう言ってニーナは背中に腕を回して、カチャカチャと音を立てる。

直後、胸の締め付けが緩み、彼女の巨乳が膨らむように大きくなり、手を前に戻した時には下着があっという間に外されていた。

ぷるんと胸が揺れて、飛び出してきた濃いピンク色の乳輪。そしてその先端、露わになったのはニーナらしい元気にツンと尖った乳首――生おっぱい。

「ち、ちくび――」

「へへっ❤　これ、ずっと見たかったんだよな？　おい、目……逸らすなって、今は見ていいんだぜ？　ほらちゃんと見てくれよ、私のおっぱい❤」

昨日のファナさんとの出来事でも見ることがなかった、丸裸のおっぱい。それを見ていいと言われては視線が向かうのを止められない。

（お、おっぱ……っは！　ニ、ニーナもファナさんみたいに色仕掛けでどうにかしようとしてるのか？　な、流されちゃ——）

意志を強く持とうとする僕の努力を踏みにじるように、ニーナは生のおっぱいを僕の視界の中、上下にたぷたぷと持ち上げて揺らす。

先ほどとは比べ物にならない弾力を感じさせるその動きに危険を感じ、僕は咄嗟に目をつぶってしまう。

「別に我慢しなくてもいいじゃん❤　これはお詫びなんだから❤　……なぁ、レナ？」

「……う、うん。シン？　目を開いて、こっちも見て？」

促されて言葉を出したレナ。彼女のおっぱいの感触が離れると、左側から先ほどのニーナのようにカチャカチャという音が鳴り、そしてすぐにしゅるると脱衣する音が聞こえた。

（レ、レナももしかして！　……み、見たいけど、でも……）

「シン、私も脱いだから見て？　……お願い❤」

羞恥を押し殺した声に続いたのは、昨日のファナさんのような甘いおねだり。

我慢を超えた欲望が、意志に反して瞼を開いてしまう。

そこに見えたのは、露わになったレナの生おっぱい。

顔を真っ赤にして羞恥を感じさせながらも、こちらへ見せつける爆乳。頂点の薄いピンクの乳輪と、大人しい彼女を体現したかのように可愛らしい小振りな乳首が僕を誘う。

しかも、恥ずかしくて胸を寄せているせいなのか、その谷間はより深くなり、柔らかさを視覚からも感じさせるように潰れ、より淫猥なものとなっていた。

「シンにお詫びがしたいの。……ファナさんに色々教わったんだ。……服、脱がすね？」

「大人しくしてろよ……っと❤」

我慢しようとする気持ちを上回る圧倒的なおっぱいたちの迫力。立ち上がって逃げることはおろか、揺れる左右の乳から目を背けることも出来ず、僕はチラチラと左右に目線を動かしながら、流されるまま。

そうしている間に二人は僕の服に手をかけ、どこかいやらしい手つきで脱がせていく。

ぷるん❤　ガチャ、カチャ。たぷん❤　しゅる、しゅる。

揺れるおっぱいをどれだけ眺めていたのだろう？

気付いた時には僕の服は剥ぎ取られ、上半身は裸。下半身は下着のみという、目の前の二人と同じ恰好になっていた。

「シ、シン……ここ……おっきくなってる」

「嫌がってるふりしても、やっぱり期待してたんだな❤　……いいぜ、たっぷりお詫びをしてやるからな❤」

二人の美女。そして、その生の爆乳を見て興奮を抑えられる男などいるはずもなく、僕のペニスも刺激すら受けていないのに大きくなり、下着を破らんばかりに屹立している。

「……い、いくね？」

見慣れていないであろう男の体に緊張した様子のレナの眼差し。

股間に集まる熱視線を感じると、そこにくるかもしれない快感を期待してしまう。

恐る恐るといった風に、レナが僕の体に手を伸ばして——ぴとっ。

——胸に彼女の指先が当たる。

ペニスに来ると想像していた予想に反して、花を愛でるように優しく彼女が触れたのは僕の乳首だった。

「——っ、ひゃうっ！」

少し冷たい、もどかしい手つきにくすぐったさのようなものを感じ、僕は口から情けない声を漏らして、背中を反り返らせる。

「ご、ごめんね！　い、痛かった？」

僕の反応に、悪いことをしたかのようにレナが焦り、こちらを見つめた。

「い、いや……その……」

「心配すんなって。今のは気持ちよかったんだよ❤　こうして……」

くりくりっ。

「あうぅっ！」

続くようにニーナも僕の乳首に触れる。

レナのような慎重さはその手つきにはなく、性感帯を探るように的確に責め立て、摘み、指で捏ね、弄りまわす。

くすぐったさではない明確なピリッとした快感が体に響き、呻きを上げると共に下着の中のペニスが小さく跳ねた。

「な？　男はこれされると気持ちよくなんだよ❤　ファナも昨日言ってたろ？　……だから、シンにちゃんとお詫びするために、お前もしっかり感じさせてやるんだぞ、っと❤」

ぎゅぅ～……くりっ。

「あぁっ……！」

言いながら、乳首をより強く潰すようにして回転させ、僕の体に快楽を送り込むニーナ。

その説明はレナのため。……そうわかっているのに、レナと同じくこういった行為に詳しくない僕に言い聞かせているようにも感じられた。

ニーナに鼓舞されたのか、レナも小さく息を吐き、僕の乳首を柔らかく摘まむ。

「こう、かな？　こりってするの？　……シン、大丈夫？　痛くない？」

ニーナ程に力を入れてない彼女の指の動きはどこかもどかしいのに、そこから熱が体に生まれるような気持ちよさが溢れてくる。

「……そうそう。そんな感じ❤　シンもしっかり感じてるから大丈夫だぞ。……目印代わりにちんちん見てみろよ？　ほら……ビクビクッて震えてんだろ？　これは男が気持ちよくなった時の合図だぜ❤」

ペニスで体の状態を分析されているような物言いに、頭の奥から恥ずかしさが沸き上がるが、それがなぜか気持ちよく、ゾクゾクとした震えを体にもたらす。

「うん、わ、わかった！　こうやって……くりってしてーーつん。それからさわ〜って撫でて……あっ、おちんちん跳ねた！」

真面目なレナはニーナの言葉に従うように僕の体に触れる。その表情は男性の性器を弄っているというのに、まるで玩具(おもちゃ)を見つけた子供の無邪気な笑顔のようだった。

「うし。それじゃあ、次はたくさん弄って敏感になった乳首に、口を近づけてこうすんだ……れろぉ、ちゅぅ……❤」

指が離された乳首、そこにニーナが口を合わせて、赤ん坊のように乳首に吸い付く。

ぴちゃぴちゃといやらしい音を立てて、僕の乳首を濡らし、舌でノックするように突き、ざらざらと舐めまわして、出もしない母乳を求めるようにちゅうちゅうと口に含む。

「あぁっ！　そ、そこ舐めちゃ……だ、だめ……」

「れろぉ……ぷはぁ……レナ。こう言ってっけどシンのちんちん見てみな❤　ビクンビクンって下着から飛び出しそうに暴れてんだろ？　ほら、お前もやってみ？　喜ぶぞ❤」

僕の痴態を見つめていたレナが、その言葉に押され左の乳首に口を近づける。

「わ、わかった！　シン行くね？　ん〜ちゅぅ〜」

「あっ、あ、んんぅ……」

レナの唇はひな鳥が餌を啄(ついば)むように柔らかで優しい口づけ。

細かく這って蕾(つぼみ)を可愛がる舌使いにいやらしい水音が合わさる。

どんどん胸がむずむずし、股間の奥にずんずんと振動を覚えるような気持ちよさが響く。

「良い調子❤　じゃあ、こっちもぺろぺろしてやっからな❤　あぁ～む」

ぺろぺろ、ぴちゃぴちゃ、ちゅぱちゅぱと両乳首から音が奏でられる度、思考が快感で染まり鈍くなる。

体の疼きも溢れるように増え続けて、下着には先走りの染みがくっきりと浮かんでいた。

「れろぉ……シン、気持ちいい？」

「声だして……あむぅ……いいんだぜ❤」

「お、おっぱいも……んっ～ろぉ……沢山味わって良いんだよ？」

「こっちのおっぱいも……ふぅ……んぅっ……気持ちいいだろ❤」

ちゅっちゅっ。ぴちゃぴちゃ。くちゅくちゅ。ぺろぺろ。絶えず攻め手を緩めない舌と、押し付けられるおっぱい。股間にたまる快感を解放しようと動き出したがる自らの指を、精一杯の力で引き止めるだけで限界だった。

「ぷはぁ。……シン、随分と気持ちよさそうじゃんか❤　私たちのお詫び、気に入ってくれたみたいだな❤」

「うん。……喜んでくれて良かった。……おちんちんも元気に跳ねてるね❤」

二人が同時に唇を離してそう言った。

一瞬前までの快感の余韻が残る乳首はジンジンと切なくピクつきながら、最初よりも大きくなり、二人の唾液で濡れながら自らを主張するようにツンと突き出している。

「ははっ❤　乳首も女の子みたいに尖ってんな❤　ほらぴーんぴん❤」

からかいながらニーナが指でそこを弾くと、堪らず声が漏れて体が震えた。

「……ちょっとニーナ！　もっと優しくしてあげないとダメだと思う……よ？　……ごめんね、シン。ほら、よーしよし❤」

逆に、レナは優しく滑りを塗り広げるように乳首を指で優しく愛撫する。子供をあやすみたいなその言葉遣いと触り方に自然と体が弛緩して、小さく吐息を溢してしまう。

そんな二人の責めを受け続け、敏感にされた体。中で生まれた欲望は徐々に大きく、耐えきれない程に膨らみ、僕は全力で走った後のように息を荒らげてしまっていた。

「おっ……もしかして、そろそろ欲しくなってきたか？」

「え……？　欲しいって……何が？」

「う、うぅぅ……」

こちらを見透かすニーナと何もわからないレナ。そんな二人の問いかけに対して、僕は喉を引き絞るような音を出すことしか出来ない。

「そんな顔すんなよ❤　大丈夫、お詫びなんだからちゃんとしてやるよ❤　……それじゃ、ベッドに倒れてみ？　ほい、どーん❤」

「も、もう、ニーナってば！　だから乱暴にしちゃダメだって！　ごめんね、シン？」

軽く押されただけ。女性のか弱い力なのに、僕の体は抵抗なくベッドに倒れ込んだ。

それにより二人のおっぱいの感触が離れて無性に寂しく、苦しくなってしまう。

「あっ――お、おっぱ……」

「大丈夫だって❤　おっぱいはちょっと離れただけ……また後で味わわせてやるからさ❤」

「そ、そうだよ？　わ、私、シンが求めてくれるなら……い、いつでもおっぱい……してあげるからね❤」

仰向けの僕の左右で、おっぱいが揺れて、そんな、心が溶かされるような言葉が届く。

「今、切ないだろ？　その気持ちを全部ちんちんから出してあげなきゃだもんな❤　……レナ、いくぞ？」

「う、うん！　やってみる！　……え、えい！」

掛け声とともに、左右から伸びてきたニーナの右手とレナの左手。二つの指先はペニスを間に挟み、握手するように結ばれる。

「ひあぁっ！　あぁぁうぅ……」

自分の指よりも柔らかく、吸い付くような肌がペニスを包み込む。それだけでこれまでとは違う直接的な刺激が走り、僕の体を大きく震わせた。

「あっ、ピクってして喜んでる？　良かった……❤」

「うし、じゃあ、いくぞ……せーの❤」

「しこしこ❤」「しこしこ〜」

声が合わさり、連動するように僕のペニスが上下に扱かれる。

「──あっ、あ、あぁぁっー！」

右側のニーナは、指先を使ってこちらの敏感な所を探り当てるように細かく動かし、左側のレナは掌で優しく頭を撫でるようにしてニーナについて行く。

異なる快感。それを一本のペニスに同時に与えられて、混乱と気持ちよさが混じり合い、より深く頭が蕩けていくのが実感できた。

「どうだ❤　ちんちんシコシコ気持ちいいだろ❤」

「沢山おちんちん気持ちよくなってね？」

「声だしてもいいんだぞ？　ちんちん気持ちいい〜って❤」

「うん。シンが、おちんちん気持ちいいってなってるなら……声で教えて欲しいな❤」

しこしこ。さわさわ。しゅしゅしゅっ。にゅるにゅるにゅるにゅぅ〜。

「お、おちんちん……き、気持ちいいぃぃぃ……」

自慰とは比較できない快楽と、それを与えてくれる美女の言葉。促されるがまま僕は口を開き、心の声を漏らすように応えてしまっていた。

「よく言えたな❤　声に出したらもっと気持ちよくなったろ？」

「ちゃんと言えて偉いよ。シンが気持ちよくなってくれて私も嬉しい❤」

情けない喘ぎ声を出したことを褒められる。それは男として恥ずかしいはずなのに、なぜか羞恥心以上の充実感が胸に広がる。

「ほら、大好きなおっぱいもちゃんと見ていいぞ❤　手を動かすたびに、ばるんばるん❤って揺れて……こういうの好きだろ？」

「わ、私のおっぱいも見ていいよ？　ゆさゆさして恥ずかしいけど……シンが好きなら平気だから！」

たぷん❤　ゆさ❤　ぷるん❤　もにゅん❤

腕の動きを追うように、弾み、潰れ、揺れるおっぱい。おちんちんへの快感を増幅させようとする、暴力的なおっぱいからの視覚への攻撃。そんな光景が左右で繰り広げられ、力が抜けて動かない顔の代わりに、瞳だけが目が回るほど頻繁に左右を行き来する。

「こっちのおっぱいは、たぷんたぷんだぞ❤」

ニーナの小麦肌のおっぱいの躍動的な揺れに誘惑され。

「シン、私も見て！　むにゅむにゅしてるよ？」

対抗するレナの、形を変える色白爆乳に強引に視線を引き寄せられる。

「こっちのおっぱいは――」

ぷにゅぷにゅ❤　たぷたぷ❤

「シン、おっぱいだよ――」

ぎゅむぎゅむ❤　ぽよんぽよん❤

争うように、自らの美しくいやらしいおっぱいを震わせ、見せ続ける二人。

それをなぞるように目線を動かし続けていくと、やがておっぱい以外が目に入らなくなり、頭の中までもがおっぱいの残像で埋め尽くされていく。

「お、おっぱいぃ、おっぱい……レナのおっぱい……ニーナのおっぱい……あ、あぁ、はぁあんぅぅ……」

「おっと、熱くなってやりすぎたな❤　――レナ、一旦止めだ。これ以上すっとシンの頭がおかしくなっちまう❤」

「えっ！　喜んでるんじゃないの？　……シ、シン、平気？」

「喜んではいるんだけどよ……物事には限度ってもんがあってな？　やりすぎるとダメになっちまうこともあるんだよ。ほら、おっぱいはこのくらいにしてやって、ちんちん扱きながら、こっちを触ってやろうぜ❤」

二人が何かを話しているが、未だ揺れ続けるおっぱいに支配された頭にはそれが音以上のものとして頭に入ってこない。

刺激を与えられ続けるおちんちん。頭を支配する誘惑おっぱい。

「あぁぁっ！　ふぅん、んぁ……」

そんな中、先ほど弄り回された敏感乳首に再び快感が訪れ、喘ぎが漏れる。

「お、おちんちんきもちぃぃ……おっぱいすきぃ……乳首くりくりうれしいぃ……❤」

「うふっ。素直に言えて偉いよ。気持ちいいんだね？」

「ははっ❤　贅沢だな❤　こんな爆乳美女二人にちんちん扱かれて、おっぱい見せてもらって、乳首まで弄ってもらえる❤　こんなこと経験できる男はそうそういないぜ❤」

自分でもわからないうちに、自然と言葉が漏れだしていた。

乳首の快感がおちんちんの奥に伝わり、そこで膨らんだ心地よさが全身を駆け巡り、乳首をもっと気持ちよくしてくれる。快楽の循環が僕をどんどん追い詰めていく。

「……ねぇ、シン？　私たちのこと……許してくれる？」

（あぁ、きもちいいぃ……）

「なぁ❤　許してくれよ❤」

（これ好きになっちゃううぅ……）

「今はただ許してくれるだけでいいの❤」

（そんな風に言われたらぁ……）

「ほら❤　おっぱいも『ごめんなさーい❤』って揺れてるぜ❤　……だから❤」

（そ、そんなのずるいぃぃ……）

「『お願い❤　ゆ・る・し・て❤』」


「ゆ、ゆ……」

怒りや、苦しみ。失意や諦め。追放されてからずっと心を支配していた負の感情は、

「ゆっ……ゆるしましゅぅぅぅ！」

——ありあまる心地よさに勢いよく洗い流された。

「あ、ありがとう！　シン！」

「良かった！　じゃあ、仲直りの印に……一気にイかせてやるからな❤　ほら……しこしこしこ❤」

「——あぁぁぁっ！　んんぅ❤　こ、これ、すごっ！　むりぃ……❤」

おちんちんを握る二人の手が一気に強くなり、加速していく。

「乳首も沢山可愛がってあげるね？」

「あ、あっ、んあぁぁ❤」

ぎゅぎゅっ、しゅしゅっ、にゅるにゅる。こりこり、さわさわ、ぴんぴん、ぎゅぎゅ。

「シンは沢山気持ちよくなっていいんだよ❤」

「仲直りの印❤　ぴゅぴゅって出しちまえ❤」

股間の奥が燃えるように熱くなり、精液がビクビクと上がってくる。

「大好きなおっぱい見て、もっと興奮してね❤」

「ゆさゆさおっぱい❤　しっかり楽しめよ❤」

（もうダメぇ……こんなの、我慢できるわけない……！）

「無理しちゃダメだよ？　体の力抜いて、全部私たちに任せて❤　はい、乳首きゅぅ〜❤」

「こっちはぐりぐり〜❤　ちんちんの痙攣止まんねーな❤　しっかり喘いでいいぞ❤」

（あぁぁ！　もう、僕……！）

「イって❤」「イけ❤」

しこしこ、しゅしゅ、ぎゅぎゅ。こりこり、かりかり、さわさわ。

「気持ちよく出して❤」「おっぱい見ながら出せ❤」

にゅるにゅる、くちゅくちゅ。たぷん❤　ぷるん❤　むにゅん❤

（レナぁ……ニーナぁ……イっ、イくぅ……）

「「……お・ね・が・い❤　シン❤　……イっちゃえ❤」」

ぴゅぴゅ～！　びゅびゅっ！　ぴゅるぴゅる！　ぴゅぅぅ～！

精子がおちんちんから勢いよく吹き出す。

今までのどんな自慰よりも量が多く、粘ついた白濁液が二人の手にボトボトと降りかかり、彼女たちの指や密着した体を汚す。

「お、出た出た❤」

「す、すごい……これが男の人の……いっぱい出せて偉いね❤」

足先から頭のてっぺんまで突き抜けるような快楽で、意識が朦朧となっていく。

ぴゅぴゅぅぅ！

射精が止まらず、快感も途切れず続く。体がおかしくなるような気持ちよさが体だけじゃなく心にまで染み込んでいく。

「最後までしっかり出すんだぞ❤　しこしこ❤」

「お手伝いしてあげるからね❤　ぎゅぎゅ～❤」

ぴゅっ……ぴゅっ……ぴゅぅぅぅ……。

……ようやく射精が治まり、それを確認した二人の手がゆっくり、どこか名残惜しそうにおちんちんから離れていく。

「へへっ❤　いっぱい出したな❤　……れろぉ。うわ……すげぇ濃い味❤」

ニーナが、自らの手にくっついた精子を口に含む。そんな姿を見てドキンと胸が跳ねる。

「じ、じゃあ私も……あ〜むぅ。んんぅ……ちょ、ちょっと苦いけど、シンのが私の中に入ってくるって考えるとなんか嬉しいな❤」

レナが恐々と精液を口に運び、笑みを向けるのを見て、おちんちんがビクリと反応した。

それを見届けてすぐ。射精の解放感か愛撫によっての脱力のせいなのか、僕の瞼が急に重くなり、眠りにつくように閉じていく。

「あれ、疲れちゃったかな？　……ふふっ、大丈夫だよ❤　ゆっくり休んで？」

ぽんぽん、とレナの手が優しく胸を叩く振動。

「ゆっくり寝てろよ？　ちゃんと傍にいてやるからな」

元気なニーナらしからぬ柔らかい仕草で、梳かすように撫でられる髪。

「おやすみ」「おやすみなさい」

薄れていく二人の笑みを最後に、そのまま意識が途絶えた……。

宿の扉の前、室内の物音や漏れ聞こえる喘ぎが消えた時に私はぽつりと溢す。
「……そろそろ、一段落ついたかしら？」

頃合いを見計らって部屋に入ると、上半身裸の二人の間で眠るシンさんの姿が見えた。

安らかな寝顔を見る限り、どうやら謝罪は成功したようね。

「うまくいった？」

彼を起こさないように声を抑えながら尋ねると、二人はシンさんを撫でながら満面の笑みを浮かべる。

「そう。良かったわ。……じゃあ、あとはパーティーへの復帰を承諾して貰えば解決ね」

眠る彼を見つめながら、この後のことに考えを巡らす。

（二人の感じを見る限り、だいぶ態度は軟化したと思うけど、昨日の決意の固さを思うと……素直に頷いてくれるかしら？）

私は小さく息を吐き、嬉しそうな顔のレナとニーナを、目を細めて見つめた。

（もっとも、男の子が素直になれないなら……素直にさせてあげればいいだけよね❤）

そして、私は安らかに寝息を立てて二人の胸に擦りつく彼を瞳で捉えた。目標を決して逃がさないとばかりに。

6章　今更戻れと言われても、もう遅……戻りましゅううう！

ふかふかのベッドの感触。気怠くも心地よい疲労。意識を取り戻した僕が最初に感じた事はそれだった。

次いで、今どこにいて、何をしていたのかに意識が向く。

（ファナさんに連れられて……高級宿でレナとニーナに会って……乳首や、お、おちんちんをいじられて……おっぱいでぇ……ぁあ❤）

この身で体験したこと。ずっと気にしていた二人に性的な奉仕をされたことを、どこか現実のものと捉えられずにいたが、瞼を開くとそれが紛う方なき現実だったと実感する。

依然上半身裸で、おっぱいを露わにするレナとニーナ。

妖しく胸を揺らして、どうしようもなく男を魅了してしまう肉体を見せつけているのに、その表情はとても柔和で、慈愛にあふれた笑みだった。

ふと見ると、大量に射精して汚れていた僕の下半身の精液が綺麗に拭き取られている。

「……あ、シン、おはよう」

「おっすー」

目覚めた僕に気づいた二人の声に、僕も渇いた喉を震わせ応えた。

「う、うぅん……おはよう」

少し寝ぼけ気味だが、揺れる圧倒的なおっぱいを見つめてしまうと、すぐに興奮で目が冴えてしまう。

「ぐっすり眠れたみたいで良かった。体疲れてない？」

「う、うん。平気だよ」


——それから僕たちはベッドの縁に腰掛けて、水を貰ったり、言葉を交わしたりしつつ静かな時間を過ごした。

「……ね、ねぇ、シン？」

そんな中、おずおずとレナが僕の名を呼ぶ。

「なに？」

「あ、あのね？　こんなこと言える立場じゃないっていうのはわかってるんだけど。……その、そのね？　……パーティーに、戻ってきてくれないかな？」

「お前がいなくなってからさ、どれだけシンに助けられていたのかってことがわかったんだよ。戦いでもそれ以外でも……お前が必要なんだよ」

（やっぱりその話だよね……）

レナとニーナから話があると聞いた時点で、復帰の要請が来ることは予想していた。

少しばかり想定外の展開はあったが、僕の心は未だ復帰に関しては……否定的だ。

「ごめん。やっぱり僕は……」

明確な言葉ではない。しかし、言葉尻の無言こそがその答えだ。

それを感じ取ったのかレナは苦しげに瞳を歪ませ、ニーナも悲しそうに目を伏せる。二人のそんな表情を見つめると罪悪感が生まれてしまう。

未だ快楽の余韻でビクついている自分を情けなく思いつつも、それでも僕の決心が変わることはなかった。

「……で、でも！　その——」

「——お話は終わりのようですね」

レナの言葉を遮り、新たな声が視界の外から耳に届く。

そちらに顔を向けると、いつの間に部屋の隅にいたのか、シスター服のファナさんが立っている。

視線を合わせた僕に彼女は小さく微笑み、ゆったりとベッドまで近づいてきた。

「話が終わりなら私にはやる事があります。……シンさん。——お礼の時間です❤」

男を魅了する笑みと妖しい声色。

それらと共に放たれたその言葉はまるで攻撃予告のように僕の心に響き、いけないと思う頭に反するみたいに胸を高鳴らせた。

笑みを崩さぬまま、無言で彼女は服の裾に手をかけると、ゆっくりと上へと持ち上げ始める。――するとまず、シスター服に隠されていたふくらはぎが現れた。

緩慢ながら止まらないその動きは少しずつ上に向かい、太ももが見え、白い下着が覗いた――と思えば、手が下がって一瞬で隠れる。

焦らすようなその行為に落胆を感じながら、ファナさんの顔を見ると……笑っていた。

それも、お茶目に相手をからかうような小悪魔じみた笑み。

口元。声を出さずにファナさんの口だけがぱくぱくと数回動き、僕の目を惹きつける。

そして、閉じた後に小さなウインクを送ってくる。

読唇術の心得などはないが、彼女の言いたいこと、伝えたいことはすぐにわかった。

み・た・い？

頭が瞬時に沸騰したようにのぼせ、意識しないまま首が縦に動く。

「ふふっ❤」

僕の反応に満足したのか、小さく笑った彼女は太ももで停止していた裾をゆっくりと持ち上げる。

白い下着が再び見えた。隠すべきはずの性器の形がはっきりとわかる薄いそこには中心にくっきりと線が走り、淫らな想像と期待が膨らんでしまう。

目を血走らせ、僕はその一点を見つめ続ける。

どれ程見つめていたのか……裾がまた上昇していく。

程良く肉が付いたお腹。指先で突きたくなる可愛らしいおへそ。

魅力的な自らの体をしっかり僕に見せつけるように、徐々に肌色が増えていく。

やがてその動きが引っ掛かるように止まり——ぷるん❤

震えながら、そして美しい丸みを帯びて止まる服。

体から大きく飛び出したおっぱいは自らの姿を晒すまいと、服の上昇を阻むように鎮座している。

ぷにゅん❤　ぷにゅん❤

服が持ち上がろうとするたびにゆさゆさと対抗するおっぱい。

あそこに……あの場所に昨日包まれていたことを思い出すと息が荒くなり、再び快感を求める気持ちが止まらなくなる。

「おっ。またちんちんおっきくなってんな❤」

「へぇ～……さっきあれだけ私たちの体に夢中だったのに、ファナさんの体に興奮しちゃうんだ？　ちょっと嫉妬しちゃうかも……」

夢中でファナさんの姿を眺めていると、いつのまにかレナとニーナが僕の左右にいた。

二人の言葉で自分のおちんちんが固く勃起していることに初めて気づくが、視界に広がる淫靡な光景から目を離すことができず、ファナさん以外の方向に顔を向けられない。

未だおっぱいはたぷたぷと抵抗を続けていた。

上を目指す服を応援する気持ちで見つめ続けていると、ズレるようにするすると服が捲(めく)れて膨らみと肌色が少し見え始める。

（肌色……？）

そこに女性が本来身に着けているはずの、果実を守る布が見えず、僅かな疑問を覚えた。

僕のそんな内心を気にもせず、丸い膨らみをなぞるように服が持ち上がり、半分近くまで曝(さら)け出しても見えるのはどこまでも肌色ばかり。

（も、もしかして……？）

「ファナのおっぱいはエッチだな❤」

「私もおっぱいの大きさには自信あるけど、ファナさんのおっぱいの大きさと綺麗さ……すごいよね❤」

距離を近づけ、吐息の温もりを強く感じさせるような二人の囁き。それは耳を通り、頭を経由して体に回り、僕の性感帯へ熱となって伝わる。

持ち上がる服は頂点に達する直前で、再びおっぱいの抵抗により止まった。

服の進行を阻むものがなんなのか、僕の頭はわかっている。

そう、わかっているはずだった。けれど――

（あ、あそこ……な、何が引っかかって……？）

たぷ❤　何も見たことのない。何も知らない子供のような好奇心と興奮が膨らむ。

（お、おっぱいぃぃ……❤　気になるぅ……❤　み、見たい……❤）

ぷる❤　僕はまだ見ぬファナさんの『それ』に期待を膨らませながら視線を送る。

たぷん、たぷんと抵抗を繰り返すおっぱい。

すでに肌色を晒している下半分は、少し上がっては落ちるを繰り返すたびに、ひしゃげながら揺れて、スライムのような細かい振動を見せていた。

「あん❤　あっ❤　あぁ❤　うぅん❤」

そんな動きを何度もしている最中、彼女の口から艶めかしい吐息交じりの喘ぎが響く。

「ふぁ❤　ぃやん❤　ふふっ❤　もぉ❤　やっ❤」

海の底へと男を誘惑する人魚の歌のようなそれは、淫らな空気が広がるこの空間をより卑猥に盛り上げる。

「あ～あ……ファナ、感じてるな❤」

「やっぱり、あそこって敏感だもんね❤　シンも気持ち、わかるでしょ？」

こりっ、さわ。

「……さっき知っちゃったもんね❤」

「――あうぅうっ！」

ファナさんの痴態から目を逸らせないでいる僕の胸板に這いまわる感触。

「ほらっ。お前もファナみたいに……❤」「……声出していいんだよ？　ぎゅっ❤」

「ふぁぁんぅ！　あっ！　あぁぁ……❤」

瞳を犯されるような興奮と胸から広がる快感。合わさったその二つに我慢などできず、僕は何度も声を上げてしまう。

「いやん❤　あはぁん❤　だめぇ❤　そこぉ❤」

たぷん❤　たぷん❤

「気持ちよくなっちゃえよ❤」「ファナさんみたいに感じていいよ？」

「ふぁぁ！　はぅうぅ！　あ、あ、あっあぁぁ……」

男女の嬌声が交じり合う。

「もっと強くしてやるよ❤」「こっちは優しくね❤」

眼前のおっぱいが抵抗を表すように激しく揺れる。

「んっ❤　んっ❤　……あぁぁん❤」

やがて、ファナさんがひと際強く服を持ち上げたとき、その均衡は一気に崩れた。

ぽろん❤　……たぷん❤　ぷるん❤　ゆさゆさ❤　ぷるぷる❤

おっぱいの抵抗を無理やり押し破った服は、首元を隠すように捲れ上がる。そして、その力に流されるようにおっぱいが上に大きく引っ張られ、球が地面で跳ねるようにばるんばるんと揺れ続ける。

「あっ❤　おっぱいぃ……❤　ファナさんの生おっぱいぃぃ❤」

見ただけで気持ちいい。今は乳首も気持ちいいからもっと気持ちいい。

内から沸き上がる素直な気持ちを表現した僕の言葉。

それに応えるように満足げなファナさんの声が聞こえてくる。

「ふふ❤　ご満足のようでなによりです❤」

一生揺れ続けるのではないかと思えるおっぱいの震えはまだ止まらない。

「……下着がなくて驚きましたか？　これ、理由があるんです。……ふふっ❤　おっぱいを揺らしていると男の人に何かと効果があるので❤　……私、踊り子の時から下着つけない癖がついているんですよ❤　やっぱりシンさんにも——効果覿面ですね❤」

男を惑わすことを自覚し、進んで誘惑する魔性の乳房。下着の類がない艶めかしい肌色。

そして、その肌色の中で、僕の目を引き寄せたのは、動きに合わせて残像を残すように線を描くピンク色だった。

震えながら落下して、反動とともに縦横無尽に跳ね回るおっぱい。その動きが緩やかになった時にしっかりと目に入ったのは、くっきりと濃いピンクの乳輪と、それに負けずピンク色を濃くした乳首。

レナやニーナと比べて少し大きいそれは、賢者が秘めるものとは思えないほどの淫猥さで、神すらも誘惑して虜にしそうな色気に満ちている。

「ち、ちくびぃ……❤」

「おいおい、私たちの乳首だって散々見たろ❤　そんなに興奮すんなって❤」

「やっぱりシスターみたいな清楚な服なのに、あんなにおっきな乳首だから興奮しちゃうの？　……シンのエッチ❤」

匂いすら伝わって来そうな露わになったおっぱいと、左右からの甘い声。

股間と頭の堤防が一気に決壊した気がして――

「あぁっ！　あっ、あっ、ふぁぁぁぁぁ……」

とろぉ……と、僕のそれは漏れだしていた。

声を上げて、触れていない股間からこぼれる温かさ。それは精液ではなく先走り。

次から次に吹き出して、宿の床にぽとんと落ちて、トロリとした水溜りを作る。

「お前、乳首で感じるだけじゃなくて、ファナの生おっぱい見てお漏らしかよ❤　どんだけ興奮してんだよ❤」

からかうニーナの声音はどこか嬉しそう。

「すごい、ね……お、男の人ってこんな風にもなっちゃうんだね？」

レナは初めて見る男のお漏らしに感心したように呟き、どこか落ち着かない様子。

そしてファナさんは視線を僕の股間の下に向けて、クスリと笑う。

「ふふっ、そんなにたくさん……❤　私のおっぱい見ただけで気持ち良くなってくれて嬉しいです❤　それじゃあ最後まで脱いじゃいますね❤　……ん、しょ❤」

そう言って、彼女は腕を交差し、服を頭に通して完全に脱いでいく。

一緒にかき上げられた髪の気が少し乱れ、それを整えるように頭を少し振るとさらさらと音がしそうな艶やかな金髪が舞い踊り、果物のような香りが部屋に広がった。

（あ、ふぁ……いい、香り……）

右手に持ったシスター服を肩の高さからゆっくり落とし、彼女はレナやニーナと同じ上半身裸の姿で僕に向き直る。

「さて、それではこの恰好でお礼❤　……しましょうか❤　……レナやニーナはどうします？」

二の腕で寄せあげられてたぷんと揺れ、僕の視線を離さないファナさんのおっぱい。

そんな中、彼女は左右の二人にも声をかける。

そして――ぎゅぅぅ❤　むにゅぅん❤

「……なぁシン❤　私も話を聞いてくれたお礼がしたいんだけど❤　……いいよな❤」

「私もシンに沢山お礼してあげたい❤　……いいかな？」

両腕に当たる柔らかさ。

どれくらいぶりかファナさんから目が離れ、左右の二人のおっぱいを交互に見つめる。

二人はただ当てるだけでなく、連係を取るようにおっぱいを交互に挟み込んだり、息を合わせて腕を洗うように上下に動かしたり。まるで僕におっぱいの感触を強く覚え込ませているようだ。

二人の思惑通りか、すぐにその行為に夢中になってしまった僕の隙を狙ったように——

たぷぅん❤　ぷにゅぅ❤

「ふふっ、もちろん私も……ねぇ？　シンさん❤」

正面のファナさんが僕に抱きつく。

それは、もはや抱擁ではなくおっぱいによる蹂躙だった。

胸板で潰れるそれは、敏感になった乳首を柔らかさと弾力で犯し、ファナさんが少し動くたびに肌にしっかりと感じる突起は意識するだけで気持ちが昂る。

互いの体が密着し、今にも唇が触れてしまいそうなこの距離。

そして、まつ毛の一本一本までが見える近さで潤む瞳。その青い瞳の魅力に吸い込まれてしまいそうだ。

「だからな……❤」「あのね……❤」「私たちの……❤」

むにゅ❤　ずりずり❤　たぷんたぷん❤

「お礼させてくれよ❤」「お礼がしたいの❤」「お礼を受け入れて❤」

「「「お・ね・が・い❤」」」

むにゅむにゅむにゅ❤　たぷたぷたぷたぷたぷ❤　ぷにゅぷにゅぷにゅぷにゅ❤

（お、おっぱいでぇ……お願いなんてぇ……ずるいぃ……❤）

「……は、はいぃ❤　お礼……くださいぃぃぃ❤」

危ない。これは罠(トラップ)だ。きっと良くない。そんな脳裏に過った警告を全て無視して、僕はお礼をねだる。――ねだる以外の選択肢などなかった。

「よっし❤　しっかりお礼してやるよ❤」

「ありがとう❤　わ、私も頑張るね❤」

「二人とも良かったですね❤　……それじゃあシンさんに、お礼❤　始めますね？　……さぁ、ベッドに倒れて下さい❤」

正面のファナさんが徐々に体重をかけて僕を押し倒す。

抵抗も出来ず、彼女のおっぱいに押し潰されるように倒れると思ったが、レナとニーナが両腕におっぱいを押しつけたまま僕の背中に手を回し、少しずつ倒れこめるように支えてくれたおかげでぽすん、とベッドに横になる。

右腕にニーナのおっぱい。左腕はレナのおっぱい。体の上にはファナさんのおっぱい。どこに視線をやっても美女とおっぱいが目に入る。ここは天上の楽園だった。

「シンは、どんなことしたいんだ？　れろぉ❤」

声とともに右耳にニーナの舌が這う。

「私たちにどんなことして欲しいの？　ふぅー❤」

レナは小さく吐息を吹きかける。

何をして欲しいか？　そんなの決まってる。

「お、おっぱいで……」

おっぱい。迷わずそれは口に出来たが、しかしその後に続く言葉がうまく吐き出せない。

顔を挟まれたい。揉みたい。柔らかく包んで欲しい。乳首に吸い付きたい。体を撫でて欲しい。おちんちんを扱いて欲しい。

様々な願望が次々と噴き上がってはまとまらず、どうして欲しいかが言えない。それは喋れないまま何かを求めて喚く赤子じみていたかもしれない。

「おっぱい❤　どうして欲しいんだ？」「おっぱい❤　どうして欲しいの？」

「き、気持ちよくしてぇ……」

二人の催促に僕が発したのは、そんな曖昧で甘えた言葉だった。

情けないであろうそのおねだりにレナとニーナは優しく頷いている。

「……おっぱいで気持ちよくなりたいと言うのでしたら、シンさんのご希望通りに致しましょう❤　レナ、ニーナ？　教えた通りにしますよ❤　……せーの❤」

三人の体、いや、おっぱいが顔に向かって来て、正面と左右で一瞬止まる。そして——

「「「ぱ・ふ・ぱ・ふ❤」」」
むにゅぅぅん❤　むぎゅぅぅぅん❤

三方向からおっぱいが勢いよく押し当てられ、体が瞬間的に硬直してすぐに弛緩する。

左右から正面まで隙間なく埋める柔らかい幸福な感触。あまりの密着で空気が通らず、鼻から侵入するのは甘やかな香りと頭を蕩かすフェロモンだけだった。

「シンさんの大好きなぱふぱふですよ❤　昨日、沢山気持ちよくなったおっぱい❤　しかも今日は生おっぱいで三人同時❤　味わえて嬉しいですよね❤」

「どうだ～？　私たちの爆乳❤　気持ちいいだろ❤」

「しっかり感じていいんだよ？　力一杯押し付けてあげるから❤」

たぷんたぷん❤　むにゅむにゅ❤　ぎゅぎゅ❤

万力で締め付けられるように圧迫される頭。普段なら多少の痛みを感じたかもしれないが、今おっぱいの中で感じるのは気持ちよさのみだった。

ただし、息ができない状態では興奮した気持ちと関係なく、体が危険信号を発してくる。

（く、苦しいぃ……でも気持ち良くてぇ……❤」

次第に息苦しさが増して、鼻で空気を大きく吸い入れようとする。けれど、やはりそこから空気は得られずに状況は改善しない。

（このまま窒息しても、いっか……）

抵抗もなく、力が抜ける。

おっぱいに惚けた頭は潔く諦めを浮かべ、幸福な最期を覚悟した――


「……一回休憩です❤」


ファナさんのその言葉を合図に、三人のおっぱいは余韻を残してふわぁと離れる。

「ほら、息吸えよ❤」

「しっかりすーはーしてね❤」

左右からの優しい声に従い、自然と大きく息を吸い込む。体が求めていた酸素と、密着している時よりも強く香る甘い匂い、それらが一緒くたに肺に送り込まれ、体内を巡り、脱力が加速する。

「シンさん。しっかり息を吸って下さいね？　酸素とフェロモンをいっぱい溜め込んで❤吸って、吸って～❤　……はい、じゃあもう一度――ぱ・ふ・ぱ・ふ❤」

むにゅぅん❤　むにゅむにゅ❤

僕が息を深く吸い切った瞬間に合わせて、再び隙間なく頭を包むおっぱい。

「ちゃんとぱふぱふ感じろよ❤」「おっぱい気持ちいいんだよね❤」

息を吸ったのに少しも冷静さは戻らず、むしろ先ほどよりもふらふらとしながら意識が柔らかさの波に瞬く間に飲み込まれていった。

「むにゅむにゅされるがまま、頭お馬鹿さんになって下さいね❤」

「おっぱい馬鹿になっちまえよ❤」

「おっぱいに全部委ねていいんだよ❤」

ぷにゅぷにゅ❤　ぎゅぎゅぅ❤　たぷんたぷん❤

そんな甘い喜びの中であろうと、時が経つにつれ体は必要な酸素を欲して、苦しさが体の奥から湧き上がってくる。

(息苦しいけど、ここにいたいよぉ……)

意識が途切れそう。そして、限界に近づくと再び――


「……はい❤　また休憩です❤」


――おっぱいが緩められる。

「さ、鼻から息を吸ってください❤　しっかり❤　たっぷり❤　……沢山吸えばそれだけ長い時間、おっぱいに溺れることが出来ますからね❤　……ほら、また、ぱふぱふ❤」

……それからどれほどおっぱいの中を漂わされたのだろう。

僕は、まるで海で溺れる遭難者。時折空気を求めて這い上がる。解放され、おっぱいの海に包まれ、苦しくなるとまた空気を与えられ……そんな時間を繰り返した。

「ほら、またおっぱいだぞ❤」

むにゅむにゅ、ぎゅぅぅ。深くおっぱいの海に引き摺り込まれる。

「しっかり息、吸ってね❤　はい❤　またおっぱいにおいで❤」

ふわぁっとした甘い香りを強制的に吸わされる。

「大分虚ろな表情になりましたね❤　……いい傾向です❤」

ファナさんの言葉で、おっぱい責めが一旦止まる。

「今日は昨日のようにぱふぱふだけでは終わらせませんよ？　……もっと、お礼をしなくてはいけませんからね❤」

ぷるんと揺れながらファナさんのおっぱいが正面から下へと動く。

おっぱいの中は苦しかった。でも、おっぱいは気持ちいいから行かないで欲しい。ふわふわと混乱する頭で、僕はそんな切なさに悩まされる。

見せつけるようにゆさゆさと震えるファナさんのおっぱいは、やがて先走りの水溜りをお腹に作っているおちんちんの上で静かに止まった。

ニーナは僕の両腕をまとめて右側に引き寄せ、おっぱいの目の前に持ち上げる。

レナは左側から顔を包んでいたおっぱいを中央に寄せ、その先端の乳首を僕の口元に近づけた。

無意識に、腰は持ち上がり、指は掴めないおっぱいを揉みしだくように動き、口は突き出しても届かない乳首を求めてしまう。

「んぅぅ……んぅん……」

そんな赤子のような仕草をしていると、三人の空気がより淫らなものになった気がした。

「これはシンさんへのお礼です❤　……ですが、もしかするとちょっとしたお願い❤をするかもしれません❤　……とはいえ、シンさんはご自身の心に従っていればいいだけですから、余り気になさらずいて下さいね❤」

ファナさんの囁く言葉の意味が、僕にはわからなかった。

ぷにゅ❤　おちんちんの先端が深い谷間の入り口に当たる。

むにゅ❤　指先がほんの僅か、おっぱいに触れる。

れろぉ❤　伸ばした舌先が乳首に掠る。

(……お、おっぱいぃ❤)

「……それでは、おっぱいをその身で味わい尽くしてくださいい❤　はい……にゅっぷん❤」

にゅぷぷ～❤

おっぱいにおちんちんが包まれ、すぐに水音とともに上下に揺さぶられた。

手コキの、柔らかい指の中にある固い骨が扱いてくる感覚とは違う。どこまでも柔らかいだけのそれは、おちんちんを逃げ場のない空間に捕らえて、その中で溶かすように甘く締め付ける。

じわじわと熱を帯びていくおちんちん。負けそうになる快感に対抗するようにビクビクと震えているが、その振動がおっぱいに伝わると柔らかさが自らに跳ね返り、二倍三倍と快楽が増えていく。

「こっちも忘れんなよ❤　手伝ってやるから、両手でおっぱいを……むぎゅう❤」

ぷにゅん❤

手首をニーナに掴まれ、強引におっぱいに触らされる。

その爆乳は僕の手に余る大きさで、全部触れようと持てる力を込めて指を伸ばしても先に到達せず、逆に指が飲み込まれて中へと沈み込んでいく。

僕が少し力を抜こうものなら、それを察知したニーナがその手で僕の掌を強く押し付け、怯む事を許さない。

指先が性感帯になったようにおっぱいの気持ちよさで痺れて、神経が途切れたようにちょっとずつ力が入らなくなり、ニーナのされるがままになる。

「シンってば、赤ちゃんみたいに可愛くなったね❤　……ふふっ、母乳は出ないけど……沢山吸ってね❤」

くちゅ❤

口に押し当てられたレナの乳首を咥えて舐める。

こんな行為は初めてするはずなのに、ずっと昔から体に馴染んでいた動きのように唇がむしゃぶりつき、舌が蠢（うごめ）く。

レナの言葉通り、当然母乳は出ていない。なのに口に含んだ時から、なぜか甘いミルクのような味わいが口内に広がり続けている。

甘くて優しい。レナを表したようなその味をもっと欲しがり、舌の動きが加速して乳首を舐めて、それに飽き足らずにおっぱいに吸盤のように吸い付く。

そうやって甘えていると、徐々に思考に靄（もや）がかかったようなピンク色が広がって、色んな事がどうでも良くなる。

（あっ、あっ……はぁ……っん……）

一気に与えられたおっぱいの感触と快楽。

三人は、一見バラバラな動きをしているのに、その実、連係が取れた責め手でこちらを休ませず、快楽を絶え間なく注ぎ続けて僕を優しく追い詰める。

そのじわじわと獲物をいたぶるような攻撃に、逃げ出すなんて考えも持てず、僕は彼女たちに――おっぱいに囚われ続けることに喜び震えた。

「どうですか？　これがおっぱいの楽しみ方です❤　私は、おちんちんを包み込み、蕩かすようなパイズリ❤」

「私の爆乳も好きだろ？　シンの手が、ずぷって沈んで無くなりそうだろ❤」

「やんっ❤　母乳は出ないのにそんなにおっぱい吸って❤　よしよし❤　沢山甘えていいからね❤」

にゅるん❤　にゅるん❤　むぎゅ❤　むにゅ❤　ちゅぱ❤　ちゅっ❤

なんでこんな事になっているのかわからない。でも気持ちいいからいい。

（おっぱいがぁ……体中……これむずむず止まんにゃいぃ……）

しかし、それぞれの動きは確かに気持ちよさを僕の体に注ぎ込んではいたが、どこか手加減したような緩やかさだった。

彼女らが――特にファナさんが本気でおっぱいを動かして僕を責め立てれば、絶頂させることなど容易いように思える。そう思ってしまえば、もっと責めて、もっとおっぱいでいじめてと、ねだる気持ちが膨らむ。

（優しいぃ、けど……もっとしてぇ……おかしくしてぇ……）

快楽を覚え込まされた体から沸き上がるおっぱいに堕ちたい、おっぱいにめちゃくちゃにされたいという考え。次第に頭もそれ一色に染められていく。

「ほら……にゅぷん❤　おっぱいの中に閉じ込められたおちんちんが嬉しそうに跳ね回ってるのが私に伝わってきますよ❤　……ところでシンさん？　お・ね・が・い❤　なんですけど……」

むにゅんと乳圧が一瞬強まる。

「……パーティーに戻る件、考え直しませんか？」

おっぱいを動かす速度を維持したまま、ファナさんが媚びるような声音で呟く。

体も、そして頭もおっぱいに屈服したいと感じているのに、僕の首はいやいやと勝手に左右に振れていた。

「そうですか……残念です❤　はい、おっぱいゆさゆさしますよ❤」

先ほどよりも強く、速く、動き出したファナさんのおっぱい。これだけの気持ち良さがあればイける。絶頂できる。自然と腰に力が入り射精の準備を体は始めた。

（あぁ、くる、このまま気持ちよく――）

「――ちょっと、疲れちゃったので休憩しますね❤」

ぴくぴくと全身が震える。絶頂を待ち望んだおちんちんへのパイズリが急に止まる。

「んんぅぅぅっ！」

乳首を咥えながら、もごもごと声を出して催促しても、ファナさんは何も聞こえていないかのように反応もせず、蒸れるような温かさと絶頂に至らない僅かな気持ちよさでおちんちんを包むだけだった。

「……ふぅ、疲れちゃったから仕方ないですよね❤　どうです？　おちんちん、休憩されてる間に二人のおっぱいを楽しんでみては？　もしかしたら気持ちよ～く、イかせてくれるかもしれませんよ❤　ふふっ❤」

僕を馬鹿にしたように、わざとらしい声で息をついたファナさん。悔しくて、気持ちよくて、悲しくて、おっぱいが欲しくなる。

「……んじゃあ、ちんちんの代わりにこっち……楽しもうぜ❤　おっぱいむぎゅむぎゅって❤　もみもみし続けたら、興奮してこれだけでイけるんじゃねえの？　手伝ってやるから頑張れよ❤」

ニーナに導かれた指先がむにゅん、むぎゅぅとおっぱいに埋まる。

ずっと見ていたニーナのおっぱいが、今自分の手の中にあると思うと、その興奮に性懲りもなくおちんちんが気持ちよさを感じて跳ねて、動かないファナさんのおっぱいの中へと甘えながらすりつく。

「もっとむぎゅむぎゅ❤　シンの手はちんちんに繋がってんだから、揉めば揉むほど気持ちよくなって絶対射精するって❤　……ところでさ、私もお願いあるんだけどいいか？」

おっぱいに押さえつけられる。柔らかさが両手を犯していく。これ気持ちいい。気持ちよくてこんなのこのままイける。

「——パーティーに戻ってきてくれよ❤　な？　……お・ね・が・い❤」

こんなにも気持ちよくて、心の底からイきたいと思っているのに、体はまたも首を横に振る。おっぱいに溺れた自分の意思を無視して、体だけが快楽に抗っている。

「そっか❤　しゃーなしだな。……じゃあ、おっぱいを沢山揉んで撫でていいぞ❤　むにゅってして❤　さわさわってして❤　ぎゅぎゅーって押し込んで❤」

強くなる指先のおっぱいの感触に、腰が持ち上がる。

（こんなの絶対イけるぅ……ニーナのおっぱい触りながらイっちゃう——）


「——あー、私もちょっと疲れたわ❤」


ニーナがおっぱいから僕の手を素早く離す。

射精を待ちわびて浮かび上がった腰がびくびくと震えるが、それは絶頂したわけではなく、それが来ないことを嫌がり、無理やりファナさんのおっぱいに擦り付けて射精しようとする惨めな腰ふりだった。

「ふぁっ！　あぁっ！　ぁあっ……」

乳首を咥えて情けない悲鳴を上げても、待ち望んだ瞬間は来ない。

ファナさんもおっぱいを緩めてしまい、寸止めされたおちんちんは何もないところをヘコヘコ突きながら、涙を流すように先走りを漏らすだけ。

「疲れちまったんだから仕方ないよな❤　……ほら、そんな苦しそうな顔すんなって❤　悲しい時にはレナのおっぱいに慰めてもらったらいいじゃんか❤」

気持ちいいけど辛い。気持ちいいけどイけない。

そんな精神の中、ニーナから伸ばされた希望を手繰るように、僕は潤んだ瞳でおっぱいを与えてくれているレナに視線を向ける。

「んんぅ……んぅん……」

レナの同情を引くように、憐れに、情けなく、泣きそうな顔で呻く僕。そんな男の姿を見て彼女は女神のように慈愛に満ちた微笑みをくれた。

「ふふっ❤　シン、苦しいよね？　みんな意地悪してひどいね❤　……大丈夫❤　私は――私だけはシンに意地悪なんかしないからね❤　……さ、おっぱいちゅーちゅーしよ？」

甘やかすような声で僕におっぱいを促してくれるレナ。そんな姿を見て、興奮と同時に胸の奥にゾクゾクとした疼きが走った気がする。

「んっ❤　ちゅうちゅう上手だね❤　好きなだけしてていいからね❤　……ほら頭も撫で

てあげる❤」

レナの手が頭に伸びて、子供を寝かしつけるようにゆったりとした動きで撫で始める。

触れたところが温もりと安心感で満たされて、射精を求めていた思考が緊張を失い、水に溶けるみたいに緩んでいく。

「シンはいい子❤　とってもいい子❤　おっぱいに甘えることができるなんてすごく偉いよ❤　……そんなシンにお・ね・が・い❤　なんだけどね……❤」

お願い。その言葉を聞いて体がびくりと反応する。

また快楽を与えられ、イきそうになったら寸止めされる。そんな予感で安堵に浸っていた顔が歪みだすのがわかった。

「大丈夫だよ？　私のお・ね・が・い❤　は、『パーティーに戻って欲しい』じゃないから。みんなみたいに意地悪したりしないよ❤　……あのね、シンがパーティーに戻りたくない理由を教えて欲しいの❤　それくらいならいいよね？　……お・ね・が・い❤」

おっぱいがゆっくり口から離される。そのまま左側に移動したおっぱいは僕の頬をぽふぽふと優しく叩く。

気づけばニーナの日焼けした肌が左側に見えて、レナと同じく右頬におっぱいを軽く触れさせていた。

「ねぇ、どうしてシンはパーティーに戻りたくないのかな？　教えて❤」

頭を撫でながら子供を諭すようなレナの言葉に自然と僕の口は言葉を吐き出していた。

「……う、裏切られたとおもったから。ずっと一緒に冒険してきたみんなに追い出されて……も、もし戻っても、またあんなことがあったら怖いって、思って……」

「そっかぁ、悲しい気持ちにさせてごめんね？　……元気になれるように、なでなで❤

シンはちゃんと言えて偉いよ❤」

（あうぅ……これぇ、なんか、心が軽くなる、ような……）

「ほかにも理由あんだろ？　教えてくれよ？　……お・ね・が・い❤」

「教えてあげて❤　ね？　……いい子のシンは教えてくれるよね❤」

続いてニーナも僕に問いかける。

レナの優しい催促につられて糸がほどけるようにぽつりぽつりと口から言葉が漏れる。

「レ、レイドが僕のこと追い出したんだから、あいつと……一緒に戦いたくない」

「そっか❤　だよな、しっかり言ってくれてありがとな❤　よ～しよし❤」

ニーナも僕の返答に満足したのか、頭に手を伸ばし、荒っぽい、だけどどこか心地よい手つきで頭を擦(さす)る。

二人の手の温かさに甘やかされて、ぽふぽふとおっぱいが当たるたびに、嫌だったことがすっと胸から流れ落ちていく気がした。

「……シンさん。まだあるのでしょう？　……教えて？　お・ね・が・い❤」

依然おちんちんをおっぱいで包んだままのファナさんも、優しく声をかけてくる。

「シンはいい子❤　だから、ファナさんにも教えてあげてほしいな❤」

「我慢しないで言っていいんだぞ❤　……ちゃんと言えるよな？」

「うん……言う……❤」

二人の言葉がすっと頭に染み込み、素直な気持ちが溢れて止まらない。

「ぼ、ぼくは……」

「はい、なぁに❤」

いやらしくおっぱいでおちんちんを包んでいるのに、彼女の顔は懺悔を受け入れる敬虔な聖母そのものだった。

「ひ、一人でいたほうが……自分の力だけで戦った方が、たくさん、いろんなクエストができると思ったから。……こ、この前だってドラゴンを一人で討伐できたし、だから、その……一人で行こうかなって……」

思っていたことを言った後、突然不安に襲われ、胸が苦しくなる。

裏切られたとはいえ、今僕が口にしたのは、自分の力で十分だからお前たちはいらないと、相手を傷つけ突き放すような言葉だった。

嫌われちゃうかもしれない、嫌だ、こんなに優しくしてくれるのに。

「よく言えましたね❤　とっても正直ですね❤」

僕の不安をよそにファナさんは聖母の笑みを崩さず、お腹をとんとんと叩いてくれる。

「やっぱりシンは偉いね❤　言いにくいことをちゃんと言ってくれてうれしいよ❤」

「別に怒ったりしないから、そんな顔すんなよ❤」

レナとニーナも気を悪くした風もなく笑い、頭を撫で続けてくれる。

笑みを浮かべながら、僕を静かに撫で続ける三人。

そんな中、レナが少し近づいて囁いてくる。

「……シン、あのね？」

「な、なに？」

ぷにゅ❤

「──ひぅっ！　……あうぅ……ご、ごめん」

一瞬、ファナさんのおっぱいが、おちんちんをわずかに擦り上げた気がして声を上げてしまったが、ファナさんは未だ笑みを崩さぬまま僕を見つめていた。

「ううん、大丈夫だよ❤　よしよし❤　あのね……シンのこと一回裏切っちゃったけど、私たちもう裏切らないよ？　信用してくれないかな？　……お・ね・が・い❤」

「はうぅぅっ！」

むにゅんとまたおちんちんに刺激が伝わる。

「ねぇ❤　こんなにおっぱいしてあげてるのは大好きなシンだからだよ❤　こんなに恥ず

かしいことしてあげた相手を裏切るわけないと思わない？　……ほら、なでなでしてあげるから考えてみよっか❤」

ずりずりと擦れる乳。気のせいではなく、ファナさんは意図的におっぱいでおちんちんを刺激していた。

「なでなで❤　よしよし❤　私はもう絶対にシンのこと裏切らないよ？　いい子のシンはわかってくれるよね❤」

「そうそう❤　レナが裏切るわけないじゃんか❤　こんなに甘やかして、おっぱい吸わせて……そんな子がお前のこと見捨てたりしないって❤」

（あぁ、だめ……そんなこと言われたらぁ……）

「そうですよ❤　おっぱいがむにゅむにゅで❤」

ぎゅう❤

「あぅ……」

「優しく甘やかしてくれる❤」

すりすり❤

「ふぁ……」

「レナのこと信用してあげてください❤　……お・ね・が・い❤」

（しんじちゃうよぉ……❤）

「お顔が蕩けてるね？　いい子❤　……もう一度聞くね？　シンは私のこと信用してくれる？　……とっても優しいシンには、信じてほしいなぁ❤　――お・ね・が・い❤」

むにゅむにゅ❤

「あっ、あっ、あぁ……し、しんじる❤　レ、レナのこと信じるぅぅ❤」

「――んっ！　うれしい❤　ありがとうシン❤　なでなで❤　おっぱいもぽふぽふ❤」

優しい言葉とおちんちんに広がるおっぱいの気持ちよさで、僕の心の不信感は消え去り、逆になんでこんなに優しい女の子たちをあんなに疑っていたのだろうかと自分に怒りが湧きそうなほどだった。

「そういやぁ、言い忘れてたんだけどさ……❤」

飼い犬を可愛がるようにおっぱいを押し付けて僕の頭を撫でるレナを置いて、ニーナが口を開いた。

「レイドならクビにしたから❤」

「……えっ？」

レイドをクビ？　パーティーリーダーをクビにしたの？　なぜ、どうしてと疑問が僕の心に浮かぶ。

「色々理由はあったんだけどな、まぁ、端的に言っちまえば、レイドよりシン、お前を選んだんだよ❤」

どういうことかいまだに理解が及ばない中、レナとファナさんも説明に加わる。

「ニーナの言う通りですよ、レイドさんはクビにしました❤　だからこのパーティーは今、女性三人だけのパーティーです❤　……もし、シンさんが戻ったら、おっぱいハーレムですかね？　ふふっ❤」

「うん。レイドはシンにいっぱい酷いことしたし、私も許せなかったんだ。……今の私たちね、リーダーが決まってないんだ、シンなら優しいしぴったりだと思うなぁ❤」

「うっ、うぅ……」

ぷにゅぷにゅ❤

（ま、また、おちんちん……おっぱいが動いてる……）

よくわからないけど、三人がこう言ってるってことは本当らしい。それじゃあ——

「……だからさ、レイドのことは気にしなくていいんだよ❤　あんな奴は忘れようぜ❤」

にゅぷぷ❤

「そう、忘れたほうがいいんですよ❤　本当に大事なことは……」

むにゅう❤

「もっといっぱい❤」

ずちゅん❤

「あるでしょう❤」

ぎゅぎゅっ❤

「じゃあ、シン。レイドのことは忘れようぜ❤　ほら忘れちまえ❤　な？　――お・ね・が・い❤」

そう言ってニーナは僕の頭を抱きしめながらおっぱいを押し付けてくる。

「――わ、忘れるぅぅ❤　レイドのことなんてもうどうでもいいぃ❤」

あっさりと、僕は元パーティーリーダーのことを頭から追い出した。

「シンさんの戻りたくない理由、二つも消えちゃいましたね❤」

「あ、あぅ……は、はい……」

もはや隠す気もなく、笑顔の下でおっぱいを持ち上げては落とし、おちんちんに快楽を注ぎながらファナさんがそう語り掛けてくる。

「最後の理由ですけど、一人のほうが上手くやれるとのことですが――はたしてそれはどうでしょうか？」

「……えっ？」

ファナさんの言葉の意味が上手く理解できない。

だって、僕は一人で今まで以上に強くなれたし、難しいクエストだって達成してる。

「もしかしたら、シンさん一人のほうが単独の戦闘力は高いかもしれませんね❤　……でも、罠にかかったり、怪我をしたりしたときに誰かの助けがあったほうがいいんじゃないでしょうか？」

教師のようにすらすらと理由を並べ立てながら、おっぱいを揺らす彼女の言葉。それは問答を楽しむような口ぶりだった。

「で、でも……あっ、ぼ、僕は一人で、ふぁ……で、出来てた……んっ……❤」

「今日まではそうだったかもしれませんが、次もすんなり行くとは限りませんよ？　危ない目にあったりするかもしれないですし。……シンさんに襲い掛かる敵――例えばサキュバスが、こんなことしてきたらどうしますか？」

僕の瞳を見つめていたファナさんが、左右に目配せをすると、耳元に熱い吐息がかかる。

「冒険者さぁん❤　魅了されてぇ❤　おっぱいに負けてぇ❤　私たちの性奴隷になってぇ❤　負けたら気持ちいいよぉ❤　おっぱい好きだもんねぇ❤　このおっぱいで一生可愛がってあげるぅ❤　だから降参しちゃおうよぉ❤」

どこからそんな甘く媚びた声を出しているのか、いつもとまるで口調の違うニーナが、僕を誘惑するように耳元で囁く。

「冒険者様ぁ❤　弱い私に本気出さないでぇ❤　手加減してくれたらおっぱいしてあげるぅ❤　おっぱいでおちんちんずりずり❤　そのまま逆転敗北ぴゅっぴゅっ❤　とっても気持ちよくしてあげるからぁ❤　サキュバスの誘惑に負けてぇ❤」

おしとやかで、卑猥な言葉などまるで言わないレナが、こちらを煽るように捲し立てる。

「どうですか？　こんなエッチなサキュバスが襲ってきたら、シンさんはすぐおっぱいに負けて絞りつくされちゃいますよ❤　……あぁ、平気です。答えなくてもおっぱいでもみくちゃにされているおちんちんが言ってますよ❤　敵のおっぱいに敗北したい❤　魅了されて搾られたい❤　……ってね❤」

先んじておちんちんのことを指摘され、反論が出てこない。そして指摘されたせいか恥ずかしさで顔が火照り、なぜか興奮が高まった。

「私、シンがサキュバスのおっぱいに負けたりしたら悲しいな❤」

「エロいおっぱいのサキュバスが来ても、うちら三人よりエロいやつなんかきっといねぇからさ❤　……一緒にいたほうが安全だろ❤」

媚びた声を一転させ、こちらを優しく気遣う二人。話が進むにつれて、徐々に自分の根元が揺らいでいくのがわかる。

「……そのような理由もありますけれど、実はシンさんにとって一番大事なことは別にあるんです❤」

「あぁ……はぅっ……な、なんですか？　……くぅ……」

　パイズリが止まらない。

「それは……」

　むにゅん❤

「――楽しいことです❤」

　ずちゅん❤

「あぁっ！　はぁ……はぁ……そ、そんな――」

「大事なことですよ？　こうやっておっぱいでずちゅずちゅされて楽しくないですか？　私たちのパーティーは女性しか――それもおっぱいがとっても大きい美女しかいませんから、そんなパーティーに入ったら唯一の男性のシンさんのこと、可愛がるしかないじゃないですか❤　……こんな風に❤」

　たぷたぷたぷたぷたぷたぷたぷ❤

「あ、あぁぁぁぁ！　だめぇぇっ！」

「私含めて、三人ともシンさんに好感を持って、その力を認めているから一緒にパーティーを組みたいんです❤　……ですので、シンさんは仲間として一緒に戦って私たちを補助する❤　そして私たちは戦闘だけでなく、シンさんのおちんちん――いいえ、気持ちよくなること全部をお手伝いしてあげたいんです❤　そうですよね？」

「……シンが必要なんだよ❤　それにお前を可愛がってやるのも面白いしな❤」

「シンのこと毎晩――ううん、一日中ずーっと気持ちよくしてあげたいな❤」

(だめだ、だめだ、これ以上言われたら、ぼく、ぼくぅ……)

「「……たとえば❤」」

同時に囁くレナとニーナが耳元から離れ、ファナさんが占領するおちんちんに向かう。それを受けたファナさんは、おっぱいを開いてその中にあったおちんちんを久しぶりに外に放り出す。

ピンと上を向きよだれを垂らしたおちんちん。その下にファナさん、右にニーナ、左にレナといった三角形の形に位置して、谷間を寄せておちんちんを取り囲む。

「ふふっ❤」

ファナさんの微かな笑いが合図だった。

「「「こんな風に❤」」」

むにゅむにゅ❤　たぷ❤　ずちゅ❤　くちゅ❤　どたぷん❤　ぎゅぎゅぅ❤

「――あぁぁぁぁ！　あひぃぃぃっ！」

三人のおっぱいが同時に三方向からおちんちんに進みだした。

押し合いをするように。まるでおちんちんは自分のものだと奪い合うように。

ぶつけ合うおっぱいの圧迫をもろに受けたおちんちんは、すぐにとろとろと、より多くの先走りで中を濡らす。

その勢いのまま各々がおちんちんを扱きあげる。

ファナさんが下に落とせばレナは上に、レナが持ち上げればニーナは左右に振動させる。

一本のおちんちんで受けているとは思えない、いくつもの種類の快感が休む間もなく注がれていく。

「こんなおっぱい、他じゃ味わえませんよ❤」

「シンだからしてあげるんだよ❤」

「おっぱいハーレムで幸せそうじゃんか❤」

ぱちゅんぱちゅん❤　ぐちゅぐちゅ❤　ずりずり❤

（あぁ……すご……ファナ、さん、一人の時よりも気持ちいい……これが仲間の助け、合いぃ……？）

「あっ❤　ニーナの乳首と擦れてぇ❤　私も感じちゃう❤」

「おいおい❤　ふぁっ❤　……私まで変な声でちまったぜ❤」

「あんっ❤　シンさんもそろそろ、わかってくれたんじゃないですか？　私たちの思いと仲間の大切さ❤」

互いにおっぱいをぶつけ合い、それにより喘ぎを上げる三人。そんな光景を見続けて、もはや否定や拒絶の考えは浮かばなかった。

（も、もう、こんなの、ぼくはぁ……）

胸に広がるのはおっぱいに導き出された暖かな光。

「シンのおっぱいハーレムだよ❤」

レナが甘く囁き、経験も少ないだろうに二人に負けないよう、精一杯おっぱいを押し付けてくる。

「おっぱい楽しみ放題だぞ❤」

ニーナが目を細めてニヤつき、敏感なところを狙って擦るように動かす。

「仲間と一緒に気持ちよくなりましょう❤」

優し気な笑みのまま、最も激しく、おちんちんを壊そうかという勢いでおっぱいを叩きつけ、快楽を押し込んでくるファナさん。

「シンならわかってくれるよね❤」

「お前が言ってくれれば全部手に入るんだよ❤」

「最初に言った通り、シンさん……あなたはご自身の心に従っていればいいんですよ❤」

（心に……従って……）

「ねぇ、シン❤」「シン❤」「シンさん❤」

答えなど――もはや一つしかない。

「「「私たちの❤　おっぱいハーレムパーティーに戻ってきてぇ❤　お・ね・が・い❤」」」

たぷんたぷん❤　むにゅむにゅ❤　くちゅくちゅ❤　すりすり❤　ぱふんぱふん❤　むぎゅむぎゅ❤　むにゅむにゅ❤　くちゅくちゅ❤　すりすり❤　ぱふんぱふん❤　むぎゅむぎゅ❤　くちゅくちゅ❤　すりすり❤　ぱふんぱふん❤　むぎゅむぎゅ❤　むにゅむにゅ❤　くちゅくちゅ❤　すりすり❤　ぱふんぱふん❤　むぎゅむぎゅ❤　くちゅくちゅ❤　すりすり❤

「……ぼ、ぼく、も、もどりましゅぅぅぅぅぅ！」

ぴゅっ！　ぴゅっ！　どぴゅどぴゅっ！　ぴゅるる〜っ！　どぴゅん！

「ふふっ❤　いいお返事❤　それに、すごい勢いです❤」

「戻ってきてくれてありがとうね❤」

「またよろしくな❤」

寸止めで焦らされたあげくの三人がかりでのおっぱい奉仕に、手コキ以上の絶頂を感じて精液が噴出し、おちんちんから一気に漏れる。

密着した三人のおっぱいの間からは小さな噴水のようにぴゅっと白濁液が吹き出した。

（みんなとのパーティー……おっぱいハーレム……おっぱいぃ……おっぱいぃ……❤）

「これでパーティー【白き雷光】再始動ですね❤」

締めくくりのような言葉をファナさんが発したが、精液を出し切った後も、三人は夢中になったかのようにおっぱいを揺さぶり続けて、おちんちんへの責めは止めなかった。

「再始動記念にたくさん出させてやるよ❤」

「好きなだけ気持ちよくなっていいよ❤」

「二人が乗り気なら……ふふっ、私も本気を出しましょうか❤」

その後、熱を帯びたレナとニーナの奉仕に加え、ファナさんが男を誘惑する踊り子スキルまで使用したため、僕は気絶するまでおっぱいに搾り取られた。

その後、僕が目覚めたのは丸一日経ってから。

それは憂いや後悔など微塵（みじん）もない、幸せな目覚めだった。

7章　今更魅了特訓しても、もう遅い

再始動した【白き雷光】はそれから多くの活躍を重ね、すぐにSランクに昇格した。

そのクエスト成功率の高さにはいくつもの理由があるが、やはり前にも増して良くなった仲間との連係のおかげだろうか？

僕は補助魔法の効果的な使用方法を研究し、三人を助けながら、自身も前線で立ち回り数多くの成果を挙げた。レナとニーナも補助魔法で増した自身の力に驕ることはなく、弱点や欠点を克服しようと努力して、成長を続ける。

ファナさんは僕の魔法の効果を踏まえて、より良い戦術を指示するパーティーの要だ。

ちなみに、僕をリーダーにとの話にもなったが、辞退してファナさんにその座をお願いした。正直なところリーダーって柄じゃないしね。

最初は困惑していたファナさんだが、僕たち以上に豊富な冒険者経験を活かして、パーティーをよりよく運営するため、その手腕を発揮してくれている。

僕も追い出された確執を完全に忘れ去り、仲良く……以前よりもずっと良好な関係を築けている気がする。

【白き雷光】は順風満帆で、非の打ち所がない。

そんな、世間の声が聞こえてくる。

しかし、問題点がまるでないわけではない。

レナやニーナの未熟な部分。補助魔法で時折強行突破してしまうような危うさもある。

そして、僕の致命的な弱点も……。


「ウ、《風刃(ウインドソード)！》」

森の奥、太陽の光も木々に遮られ、薄暗くじめじめした場所。そこに立つレナが腰から引き抜いた魔導書を右手で開き、魔法を詠唱する。

ぼんやりと光る本から生まれた仄(ほの)かな輝きがレナの体を通り、それが長剣ほどの大きさの風となって敵へ向かう。

目標はスライム。それも一匹や二匹ではない何十匹もの水色の魔物の群れだった。

レナが放った《風刃(ウインドソード)》が一匹のスライムに当たると魔法に弱いそいつは弾け、地面に粘液となってへばりつき沈黙する。

「……やった！」

「レナ。油断しちゃダメだよ！　まだまだいるからね？」

「うん、頑張る！　シンもちゃんと私を見てて！」

じりじりとゆっくりレナへと向かってくるスライムたち。戦いはまだ始まったばかりだ。

……なぜSランクパーティーのレナが――しかも僕と二人きりでDからEランク相当のスライム討伐クエストを行っているのか。それには理由がある。

多くの魔法を扱える天才的な才能を持つレナだが、魔力量と魔法の制御にはまだ不安が残っている。普段のクエストでは補助魔法の助けもあり上手くいってはいるが、それを少しでも改善したいとのことで、特訓のために手ごろなクエストを受注したのだ。

スライム単体はそこまでの強さはなく、Sランクの僕らが受けるには物足りなさもある。しかし物理攻撃が効きにくく、数もそこそこいて魔法の練習にはもってこい。そういった訳で僕らは二人でここにいる。

そしてもう一つ、このクエストを受けた理由。それはギルドで受付嬢さんに聞いた話に因るところが大きい。

「スライムが大量に発生すると群れで人を襲ったりといった脅威になり、そういった状態で放置すると変異種ともいえる魔物が生まれやすくなるのです」

「それは……危険ですね。他のパーティーはあまり受けないんですか？」

僕が素朴に疑問を発すると、彼女は顔を曇らせ、苦々しく呟く。

「……はい。そのスライム討伐は地味ですし、そこまで報酬も高くないのであまり……。Sランクのシンさんたちには退屈なクエストかもしれませんが、どうでしょうか？」

「やります！」

「そうですよね――え？　受けてくださるんですか？」

　僕の返事の何を勘違いしたのか、受付嬢さんは目を丸くして新種の動物でも発見したかのような驚きの混じった視線でこちらを見つめた。

「もちろんです！　困ってる人がいるのなら受けない理由はありませんよ！　それに僕たち自身の訓練にもピッタリですから！　スライム討伐、受注します！」

「あ、ありがとうございます！」

　そう言い放ち、僕はクエストを決めた。一緒にいたレナはといえば、

「シン……かっこいい」

　何か小声で呟いていたが、その表情から見ても異論はなさそうだった。


　当初はニーナとファナさんも来る予定だったのだが、レナが二人に「この程度なら私とシンで十分だよ！」「二人がいると頼っちゃうかもしれないから！」「お願い、シンと二人でクエスト行かせてよぉぉ……！」と、なぜか必死に頼み込んで彼女らはお留守番。

　そこまで自分を追い込み、鍛え上げようとするレナの姿勢に僕は強く感心したものだ。

「――《氷刃（アイスソード）！》《火弾（ファイアボール）！》」

　いくつもの魔法を駆使し、次々とスライムを倒していく彼女だが、時折狙いが逸れて外すこともある。しかし、それで気を落とすことなく、必死に詠唱を繰り返すと徐々に大群

だったスライムが消え、辺りには残骸のようにスライムの核がばらまかれ、地面を満たす。

少しレナの表情に疲れが見えるが、この分なら最後まで一人でやり切れるだろう。

「《風刃（ウインドソード）！》……はぁぁ！」

そして、目の前の最後の一匹が動きを止め、小さくレナが一息ついた時。

「――レナ！　後ろ！」

「え？　――きゃっ！」

音も小さく背後から忍び寄ってきたスライムが飛び、無防備なレナに体当たりするようにぶつかる。辛うじて僕の声に反応できたおかげか、彼女は敵に振り向けたが、魔法を放つ余裕はなく、飛び上がる丸いスライムが正面から体にぶつかる。そして――ぼふん。

柔らかいスライムとそれ以上に柔らかそうなレナの豊満な乳房がぶつかり震え、力負けするように彼女は尻もちをついて倒れてしまう。

地面に着地したスライムが追い打ちをかけるようと跳ね、宙を舞う。

助けに行くか？　そう逡巡する僕だったが、それよりも早く動き出したのはレナだった。

「――ス、《岩石落下（ストーンフォール）！》」

光る魔導書。直後、真上に突如現れた大きな岩石がスライムを押しつぶすように落下していき、地面にめり込む。

一安心。そして危ない状況でも焦らず、魔法をしっかりと放てたレナの成長ぶりに息をのむ。努力が少しずつ実を結んでいるようで自分の事のように嬉しい。

周囲を見回しても他の魔物などの気配や物音はせず、恐らく今のスライムで最後だろう。それに胸を小さく撫でおろしてレナを見つめると、彼女は少し息を荒くし、疲れなのか頬を赤く染めてへたり込んでいた。

「レ、レナ？　大丈夫？　怪我とかしてない？」

「ううん、平気。最後の攻撃も全然へっちゃらだったよ！」

しっかりとした返答。かなり魔法を使ったし、きっと消耗しただけなのだろう。しかし、無事なのは良かったが、最後に見事な盾となった膨らみを撫でるのは目のやり場に困るからやめて欲しい。

「……ふぅ。シン、私の戦いどうだったかな？」

依然地面にお尻をついたまま、僕に向かって笑顔で問いかけてくるレナ。褒めて欲しがっている犬のような期待に満ちた表情はとても愛らしい。

「うん。攻撃を外しちゃったり、最後の油断とかはあったけど、しっかり状況を見極めて戦えてすごかったよ！　この調子で特訓を続ければ、きっともっと強くなれると思う！」

お世辞でなく、僕は思うまま彼女を褒め称える。失敗などもあったが、レナの成長は早く、どんどんと立派な魔法使いに近づいていっている。

「へへ……やったね♪」

満面の笑み。そして脇を締めて腕を曲げ、胸が潰れるのも気にせず体の前でギュッと握った拳を見せつける。とても可愛らしい仕草に胸がきゅんと締め付けられるようなむず痒さを覚えた。

レナも今日は限界のようだし、これで帰還しようか。そう思った時、異変は起きた。

座り込むレナ。その触れている地面が急に光り出したのだ。

「ん？　……レナ？　何してるの？」

彼女が何か魔法を使っているのかと問いかけて見つめるが、レナの表情に浮かんでいたのは疑問と混乱。

「え？　え？　……これ私じゃな――」

そう答えた彼女の声は言い終わることはなく、目を眩ますように光が膨らみ、次の瞬間、予想外の事が起きる。

「――きゃあぁぁ！　んん……ぐぅ……！」

視界が戻り最初に目に入ったのは、宙を舞って悲鳴を上げているレナの姿。

彼女がいた場所には先ほどまで倒していたスライムの何倍も大きく、成人男性の背丈を遥かに超える高さの丸い半透明の水色の魔物――巨大スライムが出現していた。

しかも、そのスライムはただ丸いだけでなく、うねうねとしたいくつもの触手をその体から飛び出させて、レナの体を拘束。それだけにとどまらず、魔法の詠唱ができないように口まで触手で塞いでいる。

「レ、レナ！」

「も、がぁ……！　んん、んんんぅ……！」

触手で地面から浮かされた彼女は手足をバタつかせたり、魔導書で叩いたりもしたが、動かした傍からスライムに絡まれてやがて身動きが出来なくなった。

「レナ！　すぐ、助け……る……から……」

急いで救出しなくては。そう思った僕だったが、一瞬思考が止まる。

スライムの触手。それに纏わりつかれたレナの体があまりに淫らに映ったためだ。

服の上からうねうねと絡み、いやらしく太腿や股間、腕などをにゅるにゅるとなぞり拘束し、口をこじ開け、縄で縛るように動かせなくする触手。そして、豊満な乳房の丸い外周を縛り、締め上げて肉を強調するように押し出させ、それによって生まれた深い谷間の中央を淫らにまさぐるように動く。

辱しめを受けるレナのどこか官能的にも見える姿。危機的状況ということはわかっていてもつい意識を向けてしまう。だが、そんな気の迷いは慌てて頭から追い出した。

――許せない。レナの体にあんなひどいことをするなんて。いつも僕を甘やかしながら笑う彼女の笑顔を曇らせるなんて。それにあの胸をいやらしく触って……ズルい！

卑猥な行為を続けるスライムへ燃え上がるような敵意を沸き上がらせ、僕は剣を抜いてそれを構える。魔法でてっとり早く倒してしまいたいが、捕らわれたレナに万が一にも被害があればまずい。

「《補助魔法》――身体強化」

そう考え、身体能力を上げ、僕は直接攻撃をするべく地面を踏み込む。

「レナを――返してもらう！」

「――ん？　……んんんんんー！」

剣を固く握り、一歩踏み出そうとした瞬間に何かを伝えるようなレナの視線と叫びに気づく。彼女の目線が示す先――僕は自分の足元に目をやる。

そこではレナの真下からスライムが現れた時のように地面が光を放っていた。

「――まずい！　また来るのか!?」

慌てて、後ろに飛び下がり溢れる光を目を細めて見つめる。万が一にも自分がレナと同じ轍(てつ)を踏まないようにすぐさま切り込める体勢で構える。そして、光が晴れた時――

「……うふふ❤　かっこいい剣士さんの相手は、わ・た・し❤」

現れたのは言葉を話す魔物。それもスライムとは似ても似つかない存在。

人間の女性型――それも巻角と大きな黒い羽が生えた、巨乳の美女。男を惑わすための美しさを振りまく淫魔。

「な!? サ、サキュバス……?」

突然現れた闖入者につい視線が向いてしまうが、僕は剣を構えて圧されないように声を張り上げる。

「じゃ、邪魔をするなら――えっと、その、た、倒すぞ!?」

上擦り、少し震えてもいたがなんとか警告した僕を見て、サキュバスが唇を吊り上げて小さく笑う。

「やぁん❤ サキュバスを見ただけでおどおどしちゃってカワイイ❤ じゃあ、剣士さんは私を倒しちゃうの? いいのぉ? ここでとか――楽しまないともったいないよ❤」

胸を反らし、たぷんと音が鳴りそうなほどに揺れる大きなおっぱい。無意識にそれが視界に入る。しっかり服を着込んでいるレナと対照的な胸元。それも乳首と乳輪の部分だけを黒い布で隠し、股間もヒモのような布で大事な部分だけを覆った、ほぼ裸のような煽情的な装い。

魔物だ。騙されちゃいけない。そう思っても男としての本能がそれを名残惜しむように見つめてしまう。

「あれ? 無警戒にこっち見ちゃうんだ? もしかして、清楚そうな見た目のあの子より私みたいないやらしい恰好が好みだったりして❤ ねぇねぇ……あんな子ほっといて一緒に遊びましょうよ❤ ほら、私の顔も胸も……とっても綺麗でしょ❤」

いくら美しい体を誇らしげに揺らしてもこいつはサキュバス。それにレナを馬鹿にし、僕らの邪魔をする魔物に負けるものか。息まき、直前までの動揺と僅かな興奮を捨て、僕は強い意志を持って剣を構えてサキュバスの目を睨みつける。

「ふ、ふざけるな――」

視線が交わった彼女は、その美しい顔を楽し気に綻ばせ口を開く。

「ふふっ、挑発に乗って……君ってチョロいのね❤　ん～❤」

そして、サキュバスが左目だけを閉じてからかうように小さなウインク。するとそこからハートが現れてこちらに一気に迫り、僕の瞳に飛び込む。

「こんな簡単な手に引っかかるなんて新人なのかしら？　どう？　頭ぽわぽわするでしょ？　剣士さん❤」

違和感はすぐに表れた。視界に映るサキュバスの周囲がピンク色に染まり、そこら中にハートマークが浮かびだしたのだ。

レナの救出を邪魔する、目の前の倒すべきはずの敵――美しいサキュバスが愛しく見えてしかたない魅了状態。

だがこの程度、ファナさんが放つ、強力で瞬く間に頭がトロトロになるチャームキスに比べればまだ耐えられる。そう自身に思い込ませるように、潰しそうなほどの力で縋るように剣を握り、意識を集中させるために瞼を閉じる。

「くす……あぁん❤　おっぱい、揺れちゃうなぁ❤」

　馬鹿にしたような誘惑の囁きが耳に届く。そんなわかりやすい挑発に乗ると思うのか？ふざけるなという感情を覚えながら僕は……薄目を開いた。

「ほら、たっぷんたっぷんよ❤　素敵でしょう❤」

　微かに見えたどたぷぅんと暴力的に揺れるおっぱいの躍動。小さな抵抗は虚しく終わり、瞼の力を撥ねのけて瞳が全開となってしまう。

　そんな風にひとたびサキュバスの体を直視してしまえば、胸の先端しか隠してない煽情的な姿、仲間の皆ほどではないが大きなおっぱい。それらの魅力的な部位に流されてしまい、危機感はすぐに霧散した。

「あ〜あ❤　剣士さん、サキュバスのおっぱいに興味津々でいけないんだぁ❤　でも……いいよぉ❤　おっぱいで優しくしてあげるからぁ❤　……こっちおいでぇ❤」

　サキュバスはおっぱいを両手で持ち上げ、ゆさゆさとさせながら誘惑を止めない。

「そ、そんなものに……ま、負けてたまるかぁ……」

　歯を食いしばり、足を押さえつける僕に向かって、サキュバスがにんまりと口を開いた。

「じっくり見てる癖に強がっちゃって❤　……でも、だぁ〜め❤　君は負けちゃうの❤」

　体を傾かせて前かがみになり、上目遣いを向けながら大きな膨らみを二の腕で寄せて強調されてしまえば、抗議を口から出す余裕もなくなり、見つめるほかない。

「……このおっぱいに、ま・け・て❤」

言葉とともに谷間からもピンクのハートが浮かび上がり、こちらにふわふわと、歩くよりも遅く近づく。簡単に避けられそうな、こちらを舐め切っているかのような速度だ。

「ねぇ、剣士さん❤　ハートの周りに私の姿が浮かんで見えないかな❤」

言われるがまま飛来するハートに目を凝らすと、ぼんやりと目の前のサキュバスと同じ姿が半透明で浮かび上がる。

一人、二人、三人と、それはハートが近づくたびに姿を増やしていった。

そして、その一人一人が、おっぱいを手で揉みしだいたり、谷間を寄せ上げたり、ぴらぴらと先端の布を揺らして乳首をぎりぎり僕に見せないように焦らしたりと、明確な誘惑をしてきている。

「……そのハートに当たってくれれば、剣士さんがされたいこと全部してあげるよ❤」

そんな誘いに、のっちゃ……だめだ……。体を動かせと脳から命令が流れる。

「おっぱい好きなんでしょ❤　気持ちいいよ❤」

だめ……なのに……。着実に近づくハートと幻影のサキュバスたちに覚える危機感。だが、どれだけ誘惑に抗おうと思っても、体も顔も釘付けにされたように動かない。

「大丈夫だよ❤　私は酷いことしないから❤　剣士さんとちょっと遊んだら帰してあげるから❤　楽しいことしよ？　……私、あなたみたいなかっこいい男の人、大好きなんだあ❤　だからね？　――負けちゃお❤」

近づいちゃう……だめだ……もうよけられない……もうすぐ――サキュバスのおっぱい――味わえる❤

ふわり。にゅぷり。ハートが胸の奥に染み込んでしまった。

「あ――」

思考がぼやける。体が熱い。本能が気持ちよさを求めてしまう。

「はい、命中❤　じゃあ、一回気持ちよくなって大人しくなろうね❤」

股間の奥のむずむずが強くなり、我慢が利かない。そして、そんな僕に襲い掛かるのは近づいてきたサキュバス本体――ではなく、いくつもの幻影。

ふにゅん。たぷん。ずりゅりゅ。実体のないはずのそれらが体に触れると、肌の温度と柔らかな感触が伝わってくる。

胸を押し付け、体を撫でまわし、ペニスを扱かれる。半透明な存在に犯され、何がなんだかわからない。ただ一つわかるのはこの行為が――とても気持ちいいという事だけ。

目線の先ではニヤニヤとしたサキュバスがにじり寄っており、幻影に埋め尽くされている僕を見下しながら眺めていた。そして、その口が小さく開き……

「――イ・け❤」

どぴゅぴゅ！　ぴゅるぴゅる～！

本体に何もされないまま、僕はそのたった一言だけで絶頂し、何とか手にしていた剣すら地面に落としてズボンに染みを作ってしまう。

ただ、射精しただけとは思えない快楽。足腰が生まれたての動物のように震え、立っていることもままならず、幻影を巻き込み地面に雪崩れ込むようにあお向けで倒れる。

射精直後でも幻影たちの愛撫は容赦なく続き、敏感になった体を刺激し、力を振り絞って立ち上がろうとする僕を邪魔してきた。

「あーあ❤　幻にちょっといじめられただけでお漏らしするなんて情けない剣士さん❤　仲間の子が見てる中で気持ちよくされて恥ずかしくないのかな❤」

嘲笑するサキュバスの声が耳に入り悔しさが膨れ上がるのに、絶えず刷り込まれる快楽のせいで手を出すことはおろか、言い返すことすらできない。

「じゃあ……あの魔法使いの子が見てる前で、君の心……完全に頂いちゃおうかな❤」

「あ、うぅぅ……レ、レナぁ……」

倒れ込んだ僕へ口づけをするように顔を近づけてくるサキュバス。そして、視界に入るスライムに捕らわれた大切な仲間。もうダメかもしれない。そう思った時、拘束されているレナの姿に違和感を覚えた。

睨みつけるように細められた瞳は恐怖や焦りではなく、ただただ怒りの色を浮かべており、水色の触手に拘束されたその体は……魔力の発露なのか、淡く発光している。

一体なにが。不安と疑問の眼差しで見つめた先でレナが肉食動物のように口を大きく開け――スライムの触手を歯で噛み千切った。

「……ぺっ！　――火よ。怒れる炎よ。我が力に応えよ。その灼熱でもって、全てを灰燼(かいじん)に帰(き)せよ……《火山の怒り(ボルケーノ)》」

すかさず魔導書を光らせて自由になった口で呪文――それも強力な魔法のそれを呟くと、彼女を中心に光が膨れ上がった。炎が弾け、地面を震わせ――火山の噴火かと思うような爆発が起こり、世界を赤く染める。

「……な、なに!?」

突然の轟音と熱波に怯んだサキュバスが僕の眼前から離れ、音のした方へと慌てて視線を向けると、そこにはスライムだったものの破片のような粘液がボトボトと周囲に飛び散り、捕らわれていたはずの魔法使いが地面に立っていたのだ。

爆発の余波のような熱を体の周囲に纏わせたレナ。その恐れ多くも美しい炎の翼を生やしたような姿は、地上に舞い降りた火の女神のよう。しかし、その瞳は俯きがちで、女神とは反対にまるで悪魔に取りつかれたかのように暗く濁り、小さな口は何かを呟き小刻みに動き続けている。

「――ス、――ス……」

何故か恐怖心を感じさせるぎこちなくふらついた足取りで、彼女はゆっくりこちらを目指して歩いてくる。

「と、止まりなさい！　それ以上近づいたら、この子を廃人にするわよ」

サキュバスが立ち上がり、僕を人質にして脅しを言い放つ。その口ぶりは優位の状況に立っているはずの余裕など微塵も感じさせないものだが、レナは素直に従いピタリと止まり、顔をあげてじろりとこちらを見た。

……【聖女】と呼ばれることもある優しい彼女とは信じられないほどの怒気に満ちた顔。爛々と輝いた赤い瞳が今は【死神】のように見える。

「い、いいわ、そこでじっとしていなさい！　変なことを――」

「――《氷槍(アイスランス)》」

サキュバスの警告を遮り、高速で飛来する何十本もの氷の槍。

「――ひぃぃ！」

情けない声をあげたサキュバスが横に飛び、命中寸前で避ける。その槍たちは魔法の精度に不安があるレナが放ったはずなのに、当たっていれば全てが急所に突き刺さっていたであろう完璧な攻撃だった。

「ふ、ふん！　男を盗られて怒ってるって訳かしら！」

恐怖心を誤魔化すように胸を張って挑発をするサキュバスだが、今の攻撃を見て、もはや余裕など浮かべていられないのか、顔が強張っている。

その間もレナは何事かを呟いており、よくよく耳を澄ますとそれが聞こえてきた。

「――ス。――ロス。殺す。殺す。殺す。殺す。殺す。殺す。殺す。殺す。シンの唇を奪おうとしたあばずれは殺す。手足を切り離して羽根をむしり取って殺す。氷漬けにして、炎であぶって殺す。殺す。殺す。殺す。殺す。殺す――」

僕と同じ言葉が聞こえたのだろう、怨念のような彼女の声にサキュバスが身を震わせる。

「――そ、そうだ、あ、あなた、私を守りなさい！」

脳に響く美しい声で僕に命令する言葉が聞こえたが、体に力が入らない。絶頂してしまったせいか、それとも今感じている得体のしれない恐怖のせいか。どちらにせよ、サキュバスのそれは完全に悪手だった。

「――シンに話しかけるな、あばずれ。《氷槍（アイスランス）》」

サキュバスの動きと声に反応したレナが再び槍を生み出す。先ほどの何倍もの数の氷の槍が宙に浮かび、取り囲みながら狙いをつけて魔物に向く。

「ま、待って……話を――」

「――黙れ。殺す。殺す。殺す。殺す。……行け」

懇願するサキュバスを一顧だにせず、レナは槍を放つ。

どんなに動いても避けられないであろういくつもの鋭い槍に脅えてへたり込んだサキュバス。恐怖におののき、頭を振り、何かに願うように手を合わせている。

そんな魔物の体へといくつもの槍が突き刺さる――ことはなかった。

「……あ、あんたは私の事なんて忘れてあのヤバい魔法使いと仲良くしてなさい！　――じゃ、じゃあね！」

サキュバスの体が現れた時と同じような光を浴びて半透明となり、氷の槍たちはその体に触れることが出来ず通過してしまう。そして、最後に捨て台詞のようなものを残し、最初と同様突然消える。

「逃がさない――殺す。殺す。殺す。殺す。殺す――」

当たらなかったことへの悔しさなどは見せずに、ただサキュバスを殺すことだけを考えているように呟き、殺気を纏わせて辺りを見回し続けるレナ。

そして、幻影やサキュバスから解放された僕はと言えば。

「……レ、レナぁ……❤　しゅきぃぃぃ❤」

立ち上がって駆け出し、我を忘れてレナに抱き着いた。

「殺す。殺す。殺す。え？　――シ、シン？　ちょっと、もう、やだぁ❤」

サキュバスが最後に残した『あんたは私の事なんて忘れてあのヤバい魔法使いと仲良くしてなさい！』という言葉が魅了状態の頭をぐるぐると回る。僕は消えたサキュバスのことよりもレナに対する愛情が増してしまい、自分を抑えられない。

「レナぁ……❤　んんっぅ❤　しゅきぃぃ❤　あぁ、ぼくぅ❤」

腰に腕を回して、もう離さないとばかりにきつく抱き着き、その温かく優しい胸へと埋まり、感触と匂いを堪能する。それはこの世の物とは思えない幸せだった。

「ん、も、もぉ……シンってば……しょうがないんだから❤　私もシンが好きだよ❤　ほら、もっと甘えていいよ❤　……ん、カワイイ❤　シン好きぃ……❤　好き❤　好き❤　好き❤　好き……❤」

殺意をどこかに捨て去ったかのように甘い声で囁きながら、僕の頭を撫でるレナ。殺すと連呼する代わりのようにひたすら僕へ「好き、好き」と呟き続け、幸せそうにしている。

そして僕の魅了が時間経過で解けてしばらくしても、レナは抱擁を緩めることはなく、結局帰路につくまでにかなりの時間を要したのだった。


帰り道、微妙な沈黙がその場に満ちる。

「レ、レナ……あの、危ない目に遭ってたのに助けられなくてごめん。僕、またサキュバスに……」

「えへへ……へ!?　あ、うんうん。惜しかったよね！　でも大丈夫だよ！　シンもちょっと抵抗出来てたし、何回も戦えばきっと倒せるようになるよ！　そ、それに、今回の失敗は私が捕まっちゃったことにも原因があるから！　ね？　あんまり抱え込まないで」

何か考えていたのか体をピクリと反応させて、捲し立てるように彼女は僕を励ます。

「あ、ありがと、レナ……」

　レナやニーナにもまだまだ課題や問題点がある。しかし、彼女らに比べてより深刻で致命的な僕の弱点。それは、パーティーに誘われた時にファナさんに言われた通り、サキュバスなどの魅了魔法を使う女性の魔物に弱いという事実。

　これまでも数度クエスト中に出会ったが、その度に唯一の男性として目をつけられた僕は、魅了魔法の餌食にされていた。

　しかも、彼女たちのような男を魅了する敵は揃いも揃って巨乳で、パーティーに復帰してから一層おっぱいに弱くなってしまった僕の弱点をすぐに察して誘惑してくるため、ろくな抵抗もできない始末。

　幸いみんなが助けてくれたため今までは大事には至らずに済んだが、今回はそのせいでレナを危険な目に遭わせてしまった。本人がこうは言ってもやはり後ろめたい。

「……それにしても、レナのさっきの魔法すごかったね。その……気迫があって、いつもより威力も精度も上がってて……あれ、どうやってたの？」

「えっと……捕まって、シンがサキュバスに酷いことされちゃうって思ったら勝手に体が動いてて、よくわかんないんだよね。えへへ……」

　可愛く舌を出しておどけて見せる彼女の姿が、先ほどのサキュバスを殺すことしか頭になかった魔法使いと同一人物のものとはとても思えず、頭が少し混乱する。

「そ、そっか――そ、そうだ、こんな失敗したら、またニーナにからかわれちゃうな」

あまり深くは追求しない方がいいと思い、思い出したように帰った後の不安をぼやく。

そう、僕がサキュバスに魅了されたりすると、毎度のようにニーナがからかってくるのだ。小馬鹿にしてくるものの、それは彼女なりの慰めだと思っているので不快や不満はないのだが、毎回魅了されている自分を実感しちょっと情けなくなってしまう。

「げ、元気出して！　帰ったらまた特訓しようね！」

（特訓……特訓か。あの特訓で本当に効果あるのかな……？）

Sランクパーティーの一員とは思えない、とぼとぼとした足取りで僕は帰路につく。

「――そういえば、なんであのスライムやサキュバスは突然現れたんだろ？　光ってたし召喚魔法とか？　でも、誰もいなかったしな……？　うーん……」

疲れと、この後に待ち受けることへの不安と高揚で、僕は独り言のように呟くレナの声に反応できないまま足を進めていく。


「――っ～きゃははははっ！　お前またサキュバスに魅了されたのかよ！」

パーティーで確保している宿に帰宅して早々に、居間の床で胡坐（あぐら）をかくニーナに案の定からかわれた。

「ちょっと、ニーナ！　シンだって頑張ったんだからね！　そんなこと言っちゃダメだよ！」

　レナが僕のことをかばってくれるが、残念ながらあの体たらくでそう言われると、先ほどの自分の不甲斐なさがより深く突き刺さってしまう。

「はぁ……」

　落ち込む僕を横目に、ティーカップを傾けて品よく紅茶を飲んでいたファナさんが、カップを音もなく置き、顔をこちらに向ける。

「シンさん。誰にだって弱点や苦手はありますから大丈夫ですよ」

　慈愛の笑みと優しい言葉はまさしくシスター。情けなさを感じつつも甘えてしまいそう。

「あ、ありがとうございますぅ……」

「まぁそれはそれとして……負けてしまったのは事実です。なので——今日も誘惑に負けないために特訓しましょうか❤」

　一転して笑みを深め、艶めかしく呟く様はまるでサキュバスだ。

　……特訓。僕がサキュバスや女性型の魔物などに何度か魅了されてしまったことを契機にファナさんが提案したそれ。

　曰く、魅了魔法や誘惑などは、耐性をつければその効果を軽減できると言う。彼女のそんな弁に従い、僕は恥ずかしさや多少の期待を秘めて三人の誘惑や魅了に抗う訓練を受けることにした。しかし、残念ながら今日まで行った数十回、勝てたことも、魅了に強くなれた実感もない。

「あ、あの、ファナさん？　本当にこの特訓で大丈夫なのでしょうか？」

恐る恐る伺う僕に、彼女は迷いのない確信に満ちた瞳で答えてくれる。

「はい、必ず効果は表れますから。心配なさらなくても大丈夫ですよ」

台詞を読んでいるのかと思うほどの堂々とした彼女の物言いは、こちらの不安を払拭するように力強く、胸に希望の火が灯るようだ。

「……というわけで、今回はこれを用意しました」

彼女が取り出したのは薄く小さな黒い布。

「それなんだ？」「布……ですか？」

僕と同様に、正体の掴めない布を確認するニーナとレナ。ファナさんはそんな二人に近づき何事か耳打ちをする。

「これはですね。──で──の──ですよ❤」

「へぇ、おもしろそうじゃん！」

「ほ、本当にそんなのを!?　で、でもシンの為だから……うん……！」

こちらに背を向け何事かを相談する三人。すっかり蚊帳（かや）の外の僕だが、やがて話がまとまったのかファナさんが振り向いた。

「では、シンさんは寝室で待っていてください。私たちは準備が整い次第行きますので」

そう言い残して扉から出ていくファナさん。彼女を追ってニーナとレナもそこからいなくなる。

よくわからないまま僕は寝室に向かい、ベッドに腰かけて三人を待った。

暫(しばら)くしてからガチャリと音がして、ノックもなしにゆっくりとドアが開き、そこから部屋に入ってくる三人。

「――ちょっ！　それ!?　な、なっ、なんて恰好を……!?」

そこには黒い僅かな布でおっぱいや股間のみを隠した爆乳美女三人がいた。

「ど、どうかな、シン？」

首を傾げて、恥ずかしそうに股間を両手で隠すレナからの問いかけに返答が出来ず。

「あ〜、こりゃ見惚れてんなー❤」

自信満々に体をくねらせて見せつけるニーナにはからかわれてしまう。

「気に入って頂けましたか？　……私たちのサキュバス衣装❤」

ファナさんが言う通り、その服は今日遭遇したサキュバスによく似ていた。

おっぱいの頂点だけを隠すように固定された下着や水着とも呼べない布。

下も同じく限界まで布を削減しようとしたかのように、正面を気持ち程度に隠しているだけで、横から見えるお尻は全く覆われていなかった。

そして、彼女たちの美貌を妖しく際立たせる、巻角や背中の蝙蝠みたいな羽。

唾が溜まり、それがゴクリと喉を通る音がやけに頭に響く。

そして僕の目を特に惹きつけるのは危うげなおっぱいたちだ。頼りなく細い紐は布をなんとか固定するだけで限界のようで、胸の重量に伸び切り、今にも千切れんばかり。そんな状態で三人の爆乳を制御できるはずがない。

軽く身動きすれば、ぷるん。呼吸をするだけで、ゆさぁ。飛び跳ねれば、どたぷぅん。

目の前で揺れる三人の柔肉。僕を誘うそれの引力はサキュバスとは比べ物にならない。

無意識に僕はゆっくりとそれに手を伸ばし――

「シンさん、まだダメですよ❤」

――しかし、ファナさんに手首を掴まれ、止められる。

彼女は笑顔だが、有無を言わせない表情をしており、そこに至り自分が何をしようとしていたのか気づく。申し訳なさと驚きを抱えたまま、慌てておっぱいから手を戻す。

「言うことちゃんと聞けて、シンは偉いね❤　我慢出来てかっこいいよ❤」

「おっぱい見ただけで、魅了状態みたいだな❤」

「魅了系のスキルは使っていませんが……どうしてでしょうかね？　くすっ❤」

三人の言葉に恥ずかしさを覚えながらも、僕は少し俯いてファナさんへ問いかける。

「……そ、それで今日はなにをするんですか？」

「うーん❤　そうですね……❤」

甘く、悩まし気な声を出しながら、ファナさんは胸の下で腕を組んだ。それによりおっぱいが抵抗なく中央で潰れて、むにゅりと音が聞こえそうな柔らかさを見せて持ち上がる。

「――そうですね❤　今日はお疲れでしょうし、簡単な特訓として魅了スキルを使わずに……おっぱいヘコヘコ我慢をしましょうか❤」

「お、おっぱい、ヘコヘコ……我慢……？」

淫らな妄想が広がる彼女の言葉。それを聞いただけで服の下のペニスが反応した。

「はい❤　今から私がベッドに横になってほんのちょっと誘惑します。そうですね……手加減としてこちらからは一切触れないことにしましょう。シンさんはただおっぱいに惑わされないように我慢して、おちんちんを――」

そう言って、彼女は両手でその爆乳をふにゅんと中央に寄せて潰す。

「――こ・こ・に❤　入れなければ勝利です❤　どうです？　簡単すぎますかね❤」

「なっ！　……そ、それだけですか？」

ほんのちょっと馬鹿にしたような挑発に男としての尊厳が刺激される。

いくら美しいファナさんが誘惑するとは言え、スキルも使わず、触ることもしないで僕を堕とそうなどとは舐め過ぎだ。

「はい❤　たったそれだけの簡単な訓練です。もちろん三人がかりではおっぱいが大好きなシンさんに勝ち目が無さそうなので、レナとニーナには、お・う・え・ん❤　をしてもらいます❤　これでいかがですか？」

たぷんとおっぱいを揺らしてなおもこちらを見くびるファナさん。経験が少なく、誘惑に弱い僕だって人並みの理性や我慢はある。

「や、やります！　今日こそ……耐えてみせますから！」

「ふふっ、勇ましい宣言……素敵です❤　では、二人とも……準備はいいかしら？」

余裕を崩さぬファナさんの言葉を受けたレナとニーナは僕の左右に移動し、ギリギリおっぱいが触れない位置で耳元に口を近づける。

「りょーかい❤」「わかりました……応援するから頑張ってね、シン❤」

甘い囁き、そして接触せずとも伝わる僅かな体温の熱。

「それじゃあ誘惑対策のおっぱいヘコヘコ我慢特訓❤　……始めましょうか❤」

絶対に負けない。負けるわけがない。僕は強い意志で心を固めた。


――そして。


「あうぅぅぅぅ❤　お、お、おっぱいしゅきぃぃぃぃぃ❤」

開始数分で、僕は身動きせずにベッドに寝そべったファナさんのおっぱいの谷間へとおちんちんを自ら挟み込み、子犬の鳴き声のような嬌声を漏らしながら腰を振っていた。

「はーい❤　ぱっちゅんぱっちゅん❤　上手ですよー❤　誘惑に負けるのとってもお上手です❤　もっと、たぷたぷ感じていいですよー❤」

こんなはずじゃなかった。そう思っていても腰の動きは止まらず、両手で鷲掴みするおっぱいを揉むことすらやめられない。

「シン❤　ダメだよ❤　おっぱいに負けちゃダメ❤」

「そうだぞ、そんなんじゃダメ❤　もっとヘコヘコ頑張らないと負けちまうぞ❤」

レナとニーナの応援が聞こえる。頑張れと。もっと腰を振れと僕を励ます声。

この特訓が始まってから二人はずっとこうだった。

開始早々から僕に甘い声で囁いていた彼女たち。

「……シン❤　いやらしいおっきいおっぱいの誘惑に負けちゃダメだよ❤」

「そうだぞ❤　柔らかいおっぱいに包まれることなんか想像しちゃダメだからな❤」

仲間からの注意をしっかり頭に刻んでいた僕は、強い味方とともに淫魔――ファナさんに立ち向かう勇者の気分を味わっていた。

「シン、大丈夫？　そんなにおっぱい見つめてると気持ち良くなりたくならないかな❤」

「じっくり見つめたら僕の弱点はおっぱいですぅ❤　って白状してるようなもんだぞ❤」

気にするな。気にしちゃいけない。そう言われる度に好奇心を掻き立てる目の前の胸。

「おっぱいにおちんちん入れようとしちゃダメだよ❤　……だからね❤」

「──じゃあ、ちんちん入れずに気持ちよくなればいいんじゃね？　名案だろ❤」

二人はファナさんのおっぱいから目を逸らせない意志薄弱な僕に呆れもせず、優しく応援し続けてくれた。

「……例えば服を脱いで乳首とか触ってみれば少しは楽になるぜ❤」

「他のことで誤魔化すのはいいよね❤　……だから服──脱いでみよっか？」

そして、気づけば僕は全裸となり──

「じゃあ、おっぱいに負けないように、自分の手で乳首を……」

「ちんちんから気を逸らすように❤　そぉ～っと……」

「「ぎゅっ❤　……くりくり❤」」

──自分の指先でくすぐるように、捏ねるように乳首を摘まんでいた。

「これで、おっぱいの誘惑なんかへっちゃらだよね❤　さわさわってすれば気持ちよくなれるんだから他の事意識しちゃダメ❤」

「くりくり❤　ぎゅっぎゅっ❤　夢中になって、おっぱいのことは忘れるんだぞ❤」

この部屋でただ一人、僕の声だけが情事の最中のように音量が上がる。

どんどん乳首が気持ちよくなる。快感が増える。

そうすると次第におちんちんが気持ちよくなりたいという欲望がムクムクと首をもたげ、

意識が向かい、びくびく感じ、とろとろと先走りが漏れていく。

「……シンのおちんちん気持ちよくなりたくなっちゃった？　そっか……ダメだね❤」

「ちんちんがおねだりしちまってんな❤　――でもまぁ、ふわふわ爆乳にちんちん突っ込んでヘコヘコしなきゃいいんだもんな❤」

気持ちよくなるごとに二人の言葉が交互に、速度を上げて耳に届き、混乱魔法をかけられたときみたいに考えがまとまらない。

応援している二人に何か言われるたびに、意に反しておちんちんが反応してしまう。

「……じゃあ本当はダメ❤　だけど、シンのおちんちん――」

「ダメ❤　だけどサキュバスに負けないためにちんちん――」

「「シコシコしなきゃ、ダ・メ❤」」

乳首を弄り続けた指が、その矛先をおちんちんに向ける。

そんな僕を何も言わずにニヤニヤと眺めるファナさんの視線が恥ずかしくも気持ちいい。

快楽を味わうたびに欲望が増す。そして僕は気づく。いや気づかされてしまう――

「おっぱいだけはダメ❤　だぞ？　あそこにおちんちん入れたら、両側から一気に包まれて、我慢もできずに射精しちまう❤　……そんなのダメ❤　だよな？」

「そうだよ❤　あんなおっぱい我慢できるよね❤　あれは男の子を捕獲するおっぱいの罠❤　ゆさゆさしておちんちんを呼んでるけど行っちゃダメ❤　だよね？」

――欲望を……おちんちんを受け入れるためのような存在が目の前にあることに。

ベッドで優雅に寝そべるファナさん。身じろぎしてただ爆乳を揺らすだけの彼女。

僕の足は勝手に前に進み、おっぱいに近づく。

「シン、ダメ❤　ダメ❤　ダメ❤　おっぱいに負けちゃダ～メ❤」

「ドスケベ爆乳におちんちん突っ込んだらダメ❤　ダメ❤　ダメ❤　ダ～メ❤」

ダメと言われるたびにしたくなる。求める。

そしておっぱいに――ずっぷん❤

自分から動き、おちんちんを柔らかくその中に閉じ込めてしまう。

それは馬鹿にされ、手加減され、応援を裏切った末の心地よい完全敗北だった。


「くすくす❤　おっぱいは気持ちいいですか？　魅了スキルも使われていないのにおっぱいにぱっちゅん❤　勝手に自滅しちゃいましたけど、気持ちいいなら満足ですよね❤」

腰がおっぱいの中を勝手に動き、自分の手で弄るより何倍も大きい快感が一気に流れ込んでくる。

どんなにおちんちんで突いてもそこは柔らかい乳肉がずっと続くのみで、先端は決してその奥に当たることはない。

「大好きなおっぱいで、ヘコヘコ頑張れ❤　私もちゃんと応援してあげるからね❤　……

ヘコヘコ❤　ヘコヘコ❤　情けないけどかっこいいよ❤」

「しっかり腰突き出して、おっぱいヘコヘコすんだぞ❤　……ヘコヘコ❤　ヘコヘコ❤」

「我慢しないでいいんです❤　おっぱいが弱点でもいいんです❤　私たちは仲間❤　みんなでむにゅむにゅ助け合いましょうね❤」

両耳の二人の応援とファナさんの甘やかすような煽り声に興奮を覚え、負けること、おっぱいの誘惑に溺れることへの快感に酔わされていく。

背徳感と仲間への依存にも似た信頼が混ざり合い、腰ふりがどんどん速くなる。

「散々我慢したからもうダメ❤　かな？　しょうがないよね❤　シンはおっぱいに弱いから❤　たとえ敵でもぷるぷるのおっぱいに誘惑されたらダメ❤　になっちゃうもんね❤」

自分の気持ちいいとこ全部を身勝手にファナさんに擦り付けていく。

「そんなんじゃダメ❤　……だけど、シンには私たちがいるもんな❤　おっぱいに弱くて敵にメロメロになってダメ❤　になっても、私たちが助けてやんよ❤」

「じゅあシンさん❤　誘惑に負けた証拠を出さなきゃダメ❤　おっぱいに屈服したこと、体で覚えないとダメ❤　おっぱいには絶対に勝てないって頭に刻み込みながら射精しないとダメ❤」

「「おっぱいヘコヘコ❤　たくさん出さないと、ダァメ❤」」

腰をおっぱいの奥まで打ち付ける。

「あぁぅ……だめぇ……❤」

ぴゅるっ❤　ぴゅっ❤　どぴゅぴゅ❤　ぴゅぴゅぴゅ～❤

「いっぱい出さなきゃダメ❤　だよ？」

「おっぱいの奥に当てる気分で射精しなきゃダメ❤　だぞ？」

「ふふっ❤　おっぱいに完全敗北ですね❤　……ダメ❤　なシンさん❤」

「「「ダメ❤　ダメ❤　ダメ❤　最後まで頑張らなきゃダ～メ❤」」」

どぴゅどぴゅぴゅっ～❤　ぶっぴゅんぶぴゅぴゅ～❤

「――もう……だめぇ……❤」

そのまま快楽と解放感と共に僕の意識は薄れていった。

「ふぅ。シンさん、疲れて……気絶しちゃったみたいですね」

レナとニーナに支えられながらベッドに倒れ込む彼を見つつ、胸の精液を指でつまんでぺろりと舐めて、私はそんな言葉を漏らす。

「シンってば気持ちよさそうな寝顔……可愛い❤」

「おいレナ……起こしたら可哀そうだぜ？」

「もう、わかってるよ。ちょっと見てただけだもん……な、撫でるくらいはいいよね？」

奇抜な特訓に文句も言わずに付き合ってくれる二人には感謝しかない。もっとも彼女たち自身も悪い気はしていないのだろう。男――いやシンさんを可愛がることに喜びすら見出しているように私には映る。

「しかしまぁ……こう言っちゃあれだが、こいつがここまで誘惑に弱いとはな」

「……ねぇ、ファナさん？　シンってこれで本当に耐性つくのかな？」

純粋な表情でシンさんの頭を撫でながら、レナが私に問いかける。

「もちろん……と言いたいところだけど、この世のなかに絶対上手くいくという保証は残念ながらないわ。けど、信じてあげなくちゃ。彼の強さを」

「……くふっ、ふふ……」

私が慰めるように呟いた言葉に反応したのはレナではなくニーナ。彼女は邪気もなく、くすくすと笑いを溢す。

「ん？　ニーナ。なに笑ってるの？」

「くっく、あはは……いや悪い悪い。真面目な話だってのはわかってんだけどよ。頑張ってる方向がおっぱいに耐えるだとか誘惑に負けないとかで……面白くなっちまってよ」

その口ぶりは馬鹿にするわけでもなく子供のようですらあった。だけど、

「……確かに、そうかも。うふふ。努力の方向がちょっと可笑しいかも。はは」

「ふふっ、そうね。ふふふ……」

無垢な笑いはレナに伝播し、そして私まで湧き上がるそれを抑えきれなかった。

「くすっ、ふぅ……レナ。あまり心配しなくても平気だと思うわ。だってシンさんが仮にサキュバスや他の女に惑わされたとしても、私たちが助ければいいだけじゃない？」

「確かにな。もしなんかあったらお前が——これを使えば一発だろ」

私の言葉に頷いたニーナが勢いよくレナに手を伸ばし、サキュバス衣装のせいで殆ど隠れていない大きな胸を下から鷲掴みする。

「——きゃっ！　ちょ、ちょっとニーナやめ……くすぐったいから……」

「おいおい、これくらいで音を上げてていいのかぁ？　これからシンのためにたっぷり使うこのけしからん乳。もっと柔らかくしといた方がいいんじゃねーの？　にしし」

「そうね。レナのこれがあれば……魅了なんてきっと目じゃないわね」

「も、もう！　ファナさんまで……くすぐったいからぁ……❤」

私とニーナに玩具のように胸を触られて身を捩る彼女。この反応はもっと色々教えこみ

たくなるような可愛らしさだ。

「もっともサキュバスだとかの時は助けられるけど、それ以外の時は結構シンに頼っちまってるから、お互いさまっちゃお互い様だよな」

「そうね、シンさんの補助魔法は強力よ。それも他の魔法や道具なんてまるで比べ物にならないくらいにね」

「シンって一人でドラゴンも倒せたんだもんね……私も頼りっきりにならないようにもっと魔法の制御頑張らなくちゃ！」

寝息を立てる彼について和気あいあいと尽きる事なく語る。そんな中、私は頭の片隅で改めて思う。——やはりこの選択は正解だったと。

多少強引だったがシンさんを連れ戻し、互いに歩み寄るように理解を深め、良い関係を築けている自信がある。

強く、優しい性格のまっすぐな男の子。少しエッチな所はあれど、人が嫌がることは決してしない。女性だらけのパーティー内でも気遣いをしてくれる紳士ぶりを見せるし、困っている人には手を差し伸べる。

そんな優しさを持つ彼だから、私は少し不安になる。

悪い人に騙されたり、他の冒険者パーティーがシンさんの力を狙い引き抜きにかかるかもしれない。

そう、彼を手放してはいけない。

私のように考えてはいないだろうが、レナやニーナも彼を再び失いたくはないだろう。特訓についてレナに告げた言葉。もちろん女性慣れによって誘惑や魅了魔法に抗えるようになる可能性はあるものの、本当の狙いは他にある。

私は自分たちの魅力的な体を使い、シンさんを快楽の鎖で繋ぎたいのだ。

日頃シンさんを労うため、または訓練という理由をつけて行うおっぱい奉仕。それはただ快感を与えているだけではない。甘い毒のような言葉で、または柔らかく依存したくなるような胸の感触で、私たちの存在を彼の体に刻み付けているのだ。

他の女に靡かず、私たちを見捨てないようにと。

そんな邪な──洗脳しているような考えだとわかっているが、私は彼を人形のように利用したいわけでも、都合良く力を貢がせるような関係を望んでいるわけでもない。

仲間として共に戦い、冒険をしたい。彼の存在が私たちには不可欠で、性的な形であったとしても彼に私たちを必要としてもらいたいのだ。

それがパーティーの飛躍に繋がるし、そして──私の『目的』にも近づけるのだから。

そのためならば、サキュバスや彼を惑わす女性の相手などいくらでも引き受けよう。

となると、今気になることは一つ。

「──それはそうと、レナ？　今日のクエストで突然現れたスライムやサキュバスの事なのだけど……光の中から急に現れたのよね？」

「うん。魔力を感じたし、自然発生したとは思えなかったな。……ちょっと記憶が曖昧なんだけど、スライムは爆発させて倒せた。ただサキュバスはとどめを刺そうとした時に光って消えちゃったの」

レナの言葉と帰ってきてからのシンさんの報告はほぼ同じだった。となると可能性としては……。

「――召喚魔法。それも明確に二人を狙った敵対者がいるのかもしれない」

「私も召喚魔法かなって思う。けど……」

「……けど？」

私の言葉に同意したレナだが、その物言いは少し歯切れが悪く、その点を訝しんだのかニーナが復唱するように問い返す。

「そ、その、サキュバスがいなくなった後、辺りを確認しても人がいたような痕跡は見つからなかったの。――ちょ、ちょっと色々あって時間は経っちゃったけど……」

顔を赤らめもごもごと口にするレナ。『色々』の部分が気になるが、まぁそれは一旦置いておこう。

敵だとしたらやはりその行動は釈然としない。召喚するだけして、結果を見ずに逃げた？　いや、それだとサキュバスが倒す直前に消えた理由がつかない。

ならば、痕跡をなんらかの手段で消した？　敵は複数？　いや、決めつけるのは早計ね。

「――わからない。と言わざるを得ないわね」

「うーん。だよね」

「まぁ、あんま考えてもしょうがないんじゃね？　正直Sランクパーティーってだけで誰かに狙われる理由としちゃ十分だぜ？　……ちょっくら今後は警戒が必要だけどな」

悩む私やレナとは対照的にニーナは明け透けに口を挟む。能天気に見られがちだが、彼女は意外と物事を深く観察して思考している。さすがは盗賊（シーフ）と言ったところか。

「そうね。誰がどう狙ってくるのかわからない。警戒は怠らずに行きましょう」

本質を見極めずに急いでは失敗の元。そんな経験をしたばかりなのだ、慎重に行こう。

「――う、うぅぅ……❤」

少し重くなった雰囲気。そこに場違いな緩んだ寝言が響く。

「ふふ、シンってば気持ちよさそう❤」

「……ったく、お気楽なツラしてどんな夢を見てんだか――スケべな夢だったりしてなにしし」

「ふふ、頼れる私たちの魔法剣士様ですもの。気持ちよく休んでてもらいましょう❤」

眠るシンさん。優しく見つめるレナ。からかうニーナ。そして私。このパーティーなら大丈夫。そんな確信のような思いが頭に残る。

四人でなら、どんなクエストだって乗り越えられるし、どんな敵にも立ち向かえる。

私はベッドで安らかに眠る、シンさんの頭へとおっぱいを近づけて優しく包む。

「ふふっ、これからもよろしくお願いしますね❤　……シンさん❤」

それは鍵を握る彼を決して失わないように――逃がさないようにおっぱいで捕まえて離さないように。

そう。逃げられてからでは遅い……ですからね❤

むにゅん❤

◆◇◆◇◆◇

シンが豊満な乳房に囲まれて、心地よく疲れを癒して眠っている時。遠く離れた場所、蝋燭の火だけが灯る薄暗い部屋の中で話し声が響く。

「――様、今日の剣士……あの程度のサキュバスに籠絡される程度の実力の者が必要でございますか？」

二つの人影はどちらも外套を羽織り、それに付いた大きなフードを目深に被って顔は見えず、年齢や体形もわからない。

「だからこそよ。あの程度の魅了で弱体化できるSランクの冒険者なら……私の手駒にすることも容易いわ。そして上手く使えば――私の悲願の助けになるはずよ」

その話しぶりから、二人には恐らく上下関係があるだろうことはわかる。そして、話し方から女であろうことも。

「……なるほど。軽率な発言でございました」

「いいわ。それよりも計画の見直しが必要ね。今日のあれは予想外だったわ」

「はい。私の事前調査でもあのパーティーにおいて警戒が必要なのは《補助魔法》を操る主力の魔法剣士シン。そして、賢者としての実力が高いファナという女のみだと考えておりましたが、どうやらその限りではなさそうでございます」

冒険者たちの間でもその本当の力を知る者は少ない、シンの補助魔法。地味で大した効果もないと誤解されているそれを正しく見抜いているこの者たちは、明らかに入念に【白き雷光】を調べあげていた。

「この分だとあの盗賊(シーフ)の女にも何か隠した力があるかもしれないわね。観察を続けなさい。けど、今日のは小手調べの成果としては十分ね。あの男の弱点を確信できたし、魔法使いの女の強さ――そして、だからこその欠点も見えたわ」

今日、シンとレナへ向けられた魔物の襲撃。それは決して場当たり的なものでも、何かを決めるものでもなかった。

森の陰に姿を隠して獲物を窺い、その隙を、弱点を、油断を虎視眈々と狙い続ける狩人の第一歩でしかない。

「さすがでございます」

「ふふ、もう少しね……もう少しで手に入る。……私の目的のために必要な鍵が」

開いた掌の指先を一本ずつ閉じて握りしめる声の主。固く握られた手は、喜び、怒り、どちらともとれそうな風に震えていた。

「魔法剣士シン。……貴方の力、この私がもらい受けるわ」

小さな笑い声が部屋に響き、蝋燭の火を揺らし、二人の影が壁に現れては消える。

密かに蠢き、自らを狙う存在を、おっぱいに包まれているシンはまだ知らない。

8章　新しく始めるには、もう遅……くない

サキュバス姿のみんなと特訓し、疲れて横たわった僕を待っていたのは柔らかい揺り籠のような世界と、優しく撫でてくれるお母さんのような指先。

そのせいか、瞳を閉じた僕は優しい夢を見ていた。

昔の夢。それは村で過ごした日々や冒険者を志して訓練した毎日。

そして、背中を押すみんなからの言葉。

『元気でやれよ！』『辛くなったら帰って来いよ！』『お前はこの村の誇りじゃ！』『しっかりお食べよ！』『お土産待ってるからな！』『体に気を付けてね！』『しっかりやれよ！　そんでおっぱい大きい嫁さん沢山捕まえて――』『――あなた？』『イテ！　冗談、冗談だから許して――』

笑っちゃうくらい優しいみんなの声が聞こえ、その遠ざかる姿が鮮明に見える。

そして、

『シン。お前ならやれるよ。人を助けて、誰かの力になって、生きていける。それから――楽しんで来い！』

最後に手を振るお兄さんの顔が光に溶けるみたいに薄れていく。

……ふよん❤　ふにゅん❤　たぷん❤
温かくて柔らかい。懐かしい記憶から僕を引き戻してくれたのはそんな感触だった。
「ん、んんぅ……ん？」
目覚めた僕の眼前にそれはあった。
何度も見た、けれど何回見ても慣れることのできないであろうおっぱいが視界一杯に広がり——たぷん❤
「あら？　おはようございます、シンさん。平気ですか？」
「……ファナ、さん？」
ゆさゆさと揺れるおっぱいは眠る前に見たサキュバス衣装から変化しており、一糸まとわぬ状態。まるでここから第二回戦を始めようと言われかねない煽情的な姿。
「シン。おはよう❤」
ぷるるん❤
「随分気持ちよさそうだったな❤」
ふにゅにゅん❤
……三人分のそれは目覚めたばかりの頭を引き付けるものの、それまで。そこから何か思考を始めることも出来なければ言葉を選ぶことも出来ない。まだ夢の中にいるみたいだ。
「ん、んぅ……？　みん、な？」

「どしたよ❤　見惚れてんのか？」

だからだろう。いつも通りのニーナのからかいに無意識に反応して、本心を勝手に口走ってしまったのは。

「うん……ニーナはやっぱりとっても綺麗だ。それに……いつも明るくて……好きだよ」

「なっ！　な、なに言ってんだよ！　ば、ばっかじゃねえの！」

何か変なことを言ってしまったのだろうか。ニーナは急に顔を逸らして乱暴な口調で声を上ずらせる。その表情は見えないが、彼女の頭の猫耳のようなはね毛が嬉しそうにぴょこんと震えた気がした。

「ちょ、ちょっとシン!?　ね、ね、寝ぼけてるのかな？　好きだなんて――」

時たま輪郭がぼやける視界とふわふわと頭を撫でるような声。眼前に身を乗り出してきた優しい女の子が見えて僕の心から染み出すように感情が流れ出ていく。

「んぅ……レナも好きだよ。優しく僕を支えてくれる可愛いレナが大好きだよ」

「――だ、だいすき……？　それ、つまり、えっと、あぅぅぅぅ！」

彼女もニーナ同様急に顔を逸らして、僕の横でうつ伏せになるようにベッドに突っ伏して、何か声をあげだした。

「くす。シンさんってば、意外と褒め上手なのかしら？　あまり二人をおちょくったりしたらダメですよ？」

窘めるようにファナさんが僕の前に現れ、長い金髪が僕の体をくすぐる。胸に秘めている溜まったものを吐き出す心地よさで口が止まらない。

「嘘、じゃないです……それにファナさんも好きです」

「え？」

「美しくて、とっても頼れて、好き、です。……それに僕を仲間——大好きなみんなとまた一緒にいられるように考えてくれて感謝してもしきれないです……ありがとうございますファナさん。……大好きです」

大好きな皆に本心を晒す快感。大切な仲間と一緒にいられる幸福感。浮遊感すら覚えそうな脱力した体に流れる甘い恍惚感。幸せが満ちている。

「そ、そう。なら良かったわ。わ、私も……私たちみんなもシンさんの事を大切に思ってるし、その……好きですよ」

らしくもなく真っ白な頬を赤く染め、つかえながら言葉を紡ぐファナさん。

「みんな……大好き……」

湧水がちょろちょろと流れるように大切な言葉が喉を震わせていく。

「……ちょ、ちょっとこいつの口塞ごうぜ」

「ええ、それがいいわね。ほら、レナも戻ってきなさい」

「えへへ……好き、シンが私の事好きで大切で……」

ごにょごにょと何かを言ってるみんなの声がやけに遠く聞こえる。それを聞き返そうと口を再び開いた直後。

ぽよん❤　ぎゅむ❤　ふにゅん❤

「ちょ、ちょょっと黙ってろ」「いい子ですから静かにしましょうね」「シンしゅきぃ❤」

三人が頭を取り囲み、おっぱいで顔を塞ぐように密着してくる。

「……まったく。いっつもされるがままなのに急に……しょうがない人ですね」

直前までの幸福感とは違う温かな幸せ。寝ぼけた頭に届く微かなファナさんの呟きを子守唄みたいに聞きながら、僕は幸せな微睡(まどろみ)に溺れる。

そのいつまでも浸っていたい空間が続いたのは、呼吸が苦しくなり、意識が覚醒するまでのほんの僅かな時間だった。

たぷぷん❤

「んんぅ……僕、さっきなにか言ってました？」

完全に目覚めて妙にすっきりした体と心。何か彼女たちに告げた気がするが、それがどんな言葉だったか。それは夢の中に消えていくみたいに手が届かない。

「い、いえ？　なにも言ってませんでしたよ……と、ところで、シンさん？　何か寝言を呟いてましたけど夢でも見てましたか？」

「え？　あぁ……はい。ちょっと故郷の――冒険者になる前の日々が夢に出てきました」

やけに焦り気味で顔も赤いファナさん。疲れているのかな。そう思いながらも彼女の問いかけをたわいもない会話の一つだと思い、そう返した。

「えへへ、しゅき――え？　シンの昔の話!?　それ、聞きたい！　ねぇねぇ、教えてよ！」

むにゅむにゅ❤　ぎゅむぎゅむ❤

たわいもない僕の言葉に予想以上にレナが食いついた。

その身を――おっぱいを潰れる程に僕の体へと押し当てて、ぐいぐいとせがむ。まるで子供みたいだ。

「面白そうじゃん！」

「ええ。興味ありますね。良ければ聞かせてもらえませんか？」

レナほどではないが、二人も乗り気だ。まぁ、別に隠す事でもないか。

「う、うん。話す。話すから……レナ、ちょっと離れてよ……あ、当たってるからぁ……」

「ダメ❤　このまま聞かせて？　お・ね・が・い❤」

僕の言葉は届かず、むしろおねだりするような言葉だけが戻ってくる。

性的な事をする恥ずかしさに少しずつ慣れて、可愛くてエッチな部分とちょっとわがままな部分がどんどん見えてくるレナは以前よりもずっと魅力的だった。

「あっ、うぅぅ……はなすからぁぁぁ❤」

そんな魅力に僕が抗えるわけもなく、少し顔が赤いニーナやファナさんにも聞かせるように僕は夢を——昔のことを語りだした。


「——っていう経緯で僕はレナたちに会ったんだよ」

話を始める前は、理性的な意味で最後まで言葉を紡げるか不安だったが、いざ物語を聞かせるように喋れば、みんなは邪魔をしないように少し体を離して聞いてくれていた。そして、話を続けるうちに、どこかぎこちない感じだったみんなの空気もいつもの感じに戻ってくれた。

……少し名残惜しかったのは秘密。

「シ、シンがお嫁さんを……!?　お嫁さんなんてそんな……なんとかしないと……やっぱり既成事実を作って……ううん……逃げ——して——魔法で——誘惑して——」

レナはぶつぶつと何事かを考えるように呟いており、その笑顔の奥の瞳は笑っているのに暗さを感じる不思議な色をしていた。

「ははっ！　嫁さん沢山連れて来いとはおもしれー親父さんだな！」

今考えればちょっとおかしいお父さんの発言をニーナは気に入り、お腹の底から笑っている。お父さんの事を面白がられているのに、なんだか僕が恥ずかしい。

「くすくす。人助けに、お嫁さん……男の子らしい素敵な目標じゃないですか」

「い、いや、人助けはともかく、お嫁さん探しはお父さんが勝手に言ってただけですから！　ぼ、僕はその、そんな……えっと……」

揶揄（からか）うように笑ってから優しく微笑むファナさん。この人には敵わないと改めて実感してしまう。

「シンが――お嫁――私が――なにをしてでも――邪魔ものは――ふふ、ふふ……」

「レ、レナ？　ねぇ、だいじょう……ぶ？」

次第に笑いを溢しだしたレナになぜかちょっと恐怖を感じて、素肌に触れる恥ずかしさを乗り越えてその肩を揺すると、

「――へ!?　だ、大丈夫だよ！　うん、お嫁さん。そうだよねお嫁さんだよね！　……任せて！　私がしっかりと応援してあげるからね！　最終的に決めるのはシンだもん、最初に手に入れた装備が一番大事ってことになるもんね！　うん、平気平気！」

「あ、う……うん……？」

何を言っているのかよくわからないけど、とりあえず物は大切にってことかな？

「ま、シンがお嫁さんを捕まえるには越えなきゃいけない山がいくつもありそうだけどな❤　――例えばこの山❤　ほーれ……おっぱいだぞー❤」

ぷるるん❤　ふにゅん❤

ニーナは僕とレナを見比べ、楽しそうに目を細めてからおっぱいを押し当ててくる。

その柔らかさが触れるだけで、

「ちょ――ふぁぁ……ニーナぁ……❤」

頭が蕩けて幸せになる。

「にしし！　ほい、おっぱいおしまい！　なにはともあれ、まずは女の子に慣れない事には始まんねーよ！　しっかり耐性つけなきゃな❤」

すっと離れた彼女の瞳は爛々と輝き、いやらしい姿なのにどこかおやつを待つ子供みたいな純真さを思わせた。

「そう――ですね❤」

ニーナの言葉に納得したのか、それとも何か自分の中で考えがまとまったのかファナさんが小さく呟く。

腕を組み、物憂げな表情。妖しい美の女神のような不思議な女性。

彼女はどうしてこのパーティーに。いや、なんで冒険者になったのだろう？

「あの？　ファナさん――」

言葉を選び、喉が震え、胸に浮かび上がった疑問を問いかけようしたが、

「――やっぱり、シンさんには沢山特訓が必要ですね❤」

慈愛的な笑みに切り替わった彼女の台詞で、言葉は喉に詰まる。

「魅了特訓や……❤」

両腕で豊満なおっぱいを強調して見せつけ、

「あぁ、はぅぅ……❤」

「──女性慣れするための特訓❤」

大きく片目を瞑って愛らしいウインク。

「わ、わ、私も教えるからね❤」

「しょうがねーな❤」

そう言って二人もファナさんに追従する。


「「「はい、おっぱい❤」」」

ぱふん❤　むにゅう❤　たぷぅ❤
冒険者を目指して村を出てパーティーに入り、すれ違いもあったけれど僕は大切に思えるとっても可愛くてちょっとエッチな仲間を見つけられた。
「ほらほら❤　こんなんでメロメロになってたらお嫁さんは無理だぞー❤」
「沢山吸ってね❤　私の事、お嫁さんだと思って甘えていいからね❤　あ、あなた❤」

「おっぱいでもみくちゃにされてアヘアヘして可愛らしいですね❤　これは目標達成のための大事な一歩ですから……さぁ、しっかり味わって覚えてください❤」

これから苦しいことがあるかもしれない。けれど大好きなみんなとなら乗り越えられる。

……いや、乗り越えてみせる。

「「「ぱふぱふ～❤」」」

……そんな気がしましゅぅぅぅ❤

柔らかな肉に埋もれながら僕はそう誓いを立てた。

ぱふん❤

異聞　女体化罠に嵌ってからではもう、遅い……？

油断。それが全てだったのだと思う。

順調に進む洞窟での魔物の討伐クエスト。見通しが悪く、足場も良くない場所だが、みんなとの連携も良く、襲い来る敵の群れも、僕たち【白き雷光】にとっては脅威ではなかった。

レナの魔法が光り、ニーナのナイフが煌めく。ファナさんの防御魔法が敵の攻撃をものともせずに防ぎ、前に進み出た僕の剣は何体もの魔物を切り伏せていく。

仲間の力になれている。みんなのために戦えている。敵を倒すたびに感じる、柔らかな羽根で自尊心をくすぐられるような気分。それに調子に乗り、もっともっとやるんだと逸るように足が前に出てしまったのが大きな失敗だった。

「お、おい！　シン待った！　そこ、罠が――」

みんなより少し先に進んでしまった僕に向けて盗賊のニーナの声が響く。

その声に気づいた時にはもう遅かった。固い土を踏みしめていた僕の両脚の下に一瞬で複雑な文様が輝いて浮かび上がり、僕を包み込むように広がった。

「シン！」「シンさん！」

レナとファナさんの声が真っ白な光の向こうから聞こえる。その方向に手を伸ばそうとしても体が光の奔流に押さえつけられて、思ったように動かせない。

「だ、大丈夫か、シン！」

二人よりももっと近い距離からニーナの声が届く。罠が発動した直後に駆けつけてくれたのだろう。けれど、それに答えることもできず、僕は光に呑み込まれていく。

嫌な感じや、痛みなどもない。水が浸透するように光が体に染み込んでいき、僕を優しく包むよう。何が起こるのかわからない不安と妙な安心感。それがしばらく続き、やがて眩い光が弱くなり、洞窟本来の薄暗さを取り戻すように衰えていった。

目を突き刺すような光に閉じていた瞼をゆっくり開く。光の残像が残り、妙にぼやけた世界が薄目の先に広がる。体に異常はなさそうだがどうだろうか？

ファナさんが「シ、シンさん……？」と上擦った声をあげる。いつも冷静な彼女にしては珍しい声音に、なにか起きてしまったのではないかという心配が過る。

続けて聞こえたのは「あ、あわわ……シン……？」というレナの動揺した声。そしてニーナの「マジかよ……ほ、本当にシンなのか？」という疑問の言葉。

三者三様の反応の意味がわからず、僕はようやく洞窟の薄暗さに慣れた目をしっかりと開く。見つめた先ではいつもと変わらない三人が、不安と好奇と疑問の表情で僕を眺めていた。

僕より身長の高いファナさんを見上げる。その横のレナは……あれ？　同じくらいの身長の彼女の目線がなぜか高い。さらに僕より小柄なニーナと真っすぐ視線が交わる。

何が起きているのかわからずキョロキョロと三人を見つめると、不思議なことに目が合うたびに三人の表情がコロコロと変化していく。

いつも凛々しい笑みのファナさんが頬をにへらと緩ませて、僕を見下ろす。

レナはなぜか息を荒くして、興奮したように頬を染め、真っ赤な瞳で僕を捉える。

ニーナは気まずそうな表情と、興味津々といった表情を交互に浮かべて、ちらちら見てくる。

「み、みんな、どうしたの？　……え？」

喉が振動し疑問が口から洩れた。しかし聞こえるはずの声がしない。響いたのは僕じゃない、やけに甲高く感じる女の子の声だった。もちろん三人の誰かの声でもない。

「え、誰……？　あ、あれ？　これ、ボクの声？　でも……？」

口元に手を当てると声がそこから出てくるのがわかる。喉を軽く握ると、喉のでっぱりがなぜかなくなっているが、そこが確かに震えている。

「ボクの声が……変わってる？　ど、どういうこと？」

「シ、シン……その、驚かないでね？　れ、冷静に、取り乱さずに受け入れてね？　――はい」

おずおずと一歩進み出てきたレナは、懐から鏡を一つ取り出し、それを僕に向ける。光の反射、指の震えで乱れた鏡面がすぐに落ち着き、そこには一人の女性の顔が映っていた。緑色の短髪。どこか頼りなさそうで幼く見える顔つきの少女。美しいというより可愛らしい女性。そんな人物が鏡の中でキョトンとした表情を浮かべている。

「誰……？　あっ、え？　う、嘘でしょ……？　これ――」

口が動く。僕が呟いた言葉と全く同じ形で唇が開閉する。信じられない。信じられないけれど、悪い夢でもなければこれは……。

「――ボ、ボク、お、女の子になってるぅぅぅっ!?」

僕は女体化してしまっていた。

「シンさん。安心してください。それは性別入れ替え――俗に女体化とか男体化の罠と呼ばれるもので、珍しいですが確かに存在するものです」

恥ずかしい気持ちを押し込めながら宿に帰ると、ファナさんが丁寧に教えてくれる。安心してと言われても、そこに安心できる理由など一つも見いだせなかった。

「ボ、ボクはどうすれば……もしかして一生このままとか……？」

思いもよらない状況に声が震え、恐ろしさに瞳が潤んで視界が歪む。

「だ、大丈夫です。そんなに怯えたら可愛いお顔が台無しですよ？　この罠は永続性のある呪いなどとは違って一定の期間――大体数日ほどで元に戻るといわれています」

自信をもって告げるファナさんの言葉に吐息が漏れ、安心して力が抜ける。

「よ、良かった……じゃあ、ボクは男に戻れるんだね」

思わず頬も緩む。自分では見えないがきっと安心しきった笑みを浮かべているのだろう。

「――っ！　シ、シン！」

ホッとしたのも束の間。何故か興奮した面持ちのレナが思い切り僕を抱きしめ、豊満な胸を顔にふにゅりと押し当ててくる。

慰めてくれようとしているのだろうか？　やはりレナは優しい女の子だな。そう思ってされるがままの僕の耳に聞こえてきたのは、やけに息の荒い声だった。

「可愛い、可愛い、可愛い……シンがこんなに可愛くなって私どうしたら……はぁ、はぁ」

レナはよくわからないことを呟いていた。理解が及ばない現状では、彼女のそんな言葉は耳から入って逆の耳にそのまま通り抜けていくばかりだ。

「レ、レナ！　胸が、当たって、く、苦しいよぉ……」

いつもより力が入らないなか、もぞもぞと胸の中で顔を動かす。そしてようやく顔を胸からきゅぽんと飛び出させると、顔を俯かせたニーナの姿が目に入った。

「シン、そのごめんな……私がもっと早く罠に気づいて教えてやれてたら……」

罠の察知や警戒などは盗賊(シーフ)のニーナの仕事。それを果たせなかったことを悔やんでいるのか、彼女は他の二人に比べてやけに重い表情を作っている。いつも明るい彼女のそんな苦しそうな顔を見ると、胸をグサリと刺されるような痛みを覚えて僕も悲しくなる。

「……ニーナのせいじゃないよ！」

耳に聞こえる自分の声とは思えないか細く高い叫び。どうにもカッコがつかないけれど、言葉を止める訳にもいかない。

「ボクが勝手に先行しちゃったから罠に引っかかったわけで、ニーナは全然悪くないよ！　だから、そんな顔しないで？　ニーナが悲しんでるとボクも悲しいよ」

精一杯の気持ちを伝えると、ニーナが顔をあげ、悲しみと嬉しさを混ぜ合わせたような表情で「シン……お前……ありがとな」と答えてくれる。

「そ、それとさ？　こんなこと頼むのも恥ずかしいんだけど……男の体に戻るまで、色々教えてもらえると……助かるかな。女の子の体でどう生活すればいいか、わかんなくて」

羞恥で顔面が――体中が火照るのがよくわかる。けど、本当にどうすればいいのかわからないのだから仕方がない。

「お、おう。任せとけ！　戻るまで私らがしっかり助けてやるからな！　なっ！　二人とも」

「ええ、もちろんですよ」「うん、任せといてよ」

ニーナの呼びかけに快く応じるレナとファナさん。いい仲間を持った。そんな気持ちが湧き上がってうれし涙が頬を伝う。

この時の僕は予想もしていなかった。

彼女たちが思い描く助けるという行為が僕の想像とどれだけズレているのかを。


僕が女体化して、最初に困ったのは生理的な現象だった。

用を足すにも、勝手が違い、便器で腰を下ろしても上手く出てくれない。しかも、恥ずかしいから一人で大丈夫と言ったのに、レナが一緒に個室に入り、尿を出すための補助をしようと目の前で応援してくれていたのだ。まるで初めてそれをする子供に戻った気分で、羞恥とむずむずとしたもどかしさに体を縮こまらせ、用を済ませた。

「シン？　落ち着いていいよ。深呼吸して力を緩めてシーシーってしようね」

「わぁ！　しっかりできたね！　偉い偉い！　それじゃあふきふきしようね」

赤子のように指示されながら、敏感な女性器を恐る恐る柔らかな葉っぱで拭く。男の体の時とは違う行為に、これをしばらくするのかと少し面倒にもなってしまった。

そして問題は他にもあった。女体化したせいで、顔つきだけでなく、僕の体も随分様変わりしてしまったのだ。まず身長がニーナくらいまで低くなってしまった。

そこまではまだ――残念ではあるもののよかったが、先ほどの用を足した時からもわかる通り、男性器が女性器に置き換わり、そこそこ筋肉がついていたお腹が柔らかにくびれ、さらに胸が果物を入れたかのように膨らんでしまったのだ。

三人のような爆乳ではないが、小さな両手では収まらないくらいの巨乳。自分の一部だとはわかっていても気になってしまう膨らみにドギマギしつつも、僕自身は生活面では特に問題ないだろうと気にしていなかった。けれど他の三人の意見は違った。

「――い、いや、数日くらいだったらボクはいつもの恰好でいいからぁ！」

「いいえ、ダメです。今すぐ下着と服を買いに行きます。これはパーティーリーダーとしての命令です。レナ、ニーナも異論はありませんね？」

「もちろん！　可愛いシンにはちゃんとした服と下着、選んであげるからね！」

「そうだぞ！　しっかりしとかないと体に悪いからな！」

抵抗虚しく、あまりに乗り気な三人に引きずられるようにして、僕は服を新調するために町へと連れていかれた。

少しダボつくいつもの服を着て道を歩いていると、祭りでもないのに仮装しているみたいで落ち着かない。それにやけに変な視線を感じる。

道行く女性たちは僕の顔を見て、ほっこりとした笑みを浮かべ、対する男性たちは、大きさのあっていないせいで張り詰め、谷間が見えてしまっている胸元をチラチラ見てくる。

こんな恥ずかしい状況初めてだ。しかし、すごいのは横の三人も同じように視線を集めながらも堂々と歩けていることだ――レナはちょっとだけ恥ずかしがっているが。

「ううう、は、恥ずかしいよぉ……み、みんなこれにいつも耐えられてて……すごい」

僕は胸を隠すように腕を回し、背筋を丸めながらぽつりと弱音を吐く。

「にゃはは。慣れだよ慣れ。シンもすぐに慣れっから安心しろよ♪　ほれ胸張ってみ！」

笑いながら気軽に言い放ち、背中をパシパシ叩いてくるニーナ。

気持ちはありがたいけど……そもそも、僕は別に慣れたくないんだよぉぉ。


そうして苦しい道を、気持ち早足で歩き続け、僕らはようやく服屋に入った。下着も販売しているこの店なら全部揃うだろうとのことで入店したが、

「お、女の人ばっかり……」

「ふふっ、おかしなシン。女性用の服屋さんなんだから当たり前でしょ」

お洒落な服や下着が並んでいる棚。その隙間にいるのは右も左も店員さんさえも女性ばかり。女体化しているとはいえ、本来は男である自分がいることに居心地の悪さを覚える。

「それじゃあ、二人ともわかってるわね？」

「当たり前だろ？　本を正せば私の失態。本気で選んでやるぜ」

「シンの可愛さを完璧に表現しちゃうよ！」

気まずい僕をよそに、三人はよくわからないやる気を見せて、それぞれが棚へと散っていった。そ、そんなに頑張ってくれなくてもいいのに……。

そしてそんな三人を見送ってポツンと隅に残された僕。女の子にしか見えない今の姿なら、この場に溶け込める気がしたが、やけに周囲の女性たちの視線を集めている気がする。早くみんな戻って来て。天に祈るように目を瞑って縮こまっているとしばらく、

「シン、お待たせ」「なーにプルプル震えてんだよ」「ふふっ、可愛いですね」

クスクス笑い、それぞれの両手に服や下着を抱えた三人が僕の前に戻ってきた。明らかに数日分の服じゃない。

「安い物じゃないんだしそんなにいらないよ！　一着くらいあれば十分だよ。ね？　だ、だからどれでもいいから早く買って出ようよ……！」

「ダメ！」「ダメだな」「ダメです❤」

一刻も早く終わらせたいと願う僕の言葉を揃って否定する三人。その笑みには有無を言わせない圧を感じる。ちょっと、いや、かなり怖い。

「シン。服を買う時にはちゃんと試着しないとね」僕を逃がすまいとレナがくっつく。

「そうだぞ。しっかり確認しなくちゃな」反対側でニーナがふにゅんと抱き着く。

「しっかり……うふふ。選んであげますからね❤」背中を押す豊満なファナさんの乳房。

三人の拘束とおっぱいの押し付けに抵抗もできず、僕は布で仕切られた広めの試着室へ

と押し込まれた。牢屋に入れられる囚人になった気分だ。

そして一人きりの狭い部屋に、滑り込むようにレナが入ってきて微笑む。

「それじゃあシン？　一緒にお・き・が・え❤　……しようね」

むにゅん❤　ふにゅん❤　柔らかく潰れる感触で僕とレナの胸がひしゃげる。妙にピリとした気持ちよさと、得体のしれない恐怖の中、僕は呟くのだった。

「レナ、あっ、やめぇ、そこ……あ、あぁぁぁぁ――」

それから何があったか。思い出しただけで顔が真っ赤に染まる。

裸に剥かれ、やけに可愛らしいフリルのついた下着の上下を着けさせられた。そして下着と同系統の可愛らしい――高そうな布をふんだんに使用した、どこかの貴族のお嬢様が着るような水色の愛らしいドレスをかぶせられ、おまけに頭に黄色いリボンまで結ばれた。人形になった気分だった。むしろ人形のように恥ずかしさを忘れたかった。

「じゃーん！　これがシンの可愛さを引き出す服装だよ！」

「へぇ……やるじゃんか」「これは……なかなか侮れませんね」

レナに引っ張られ、残りの二人に披露させられる。もういますぐ帰りたい。しかし、この程度では当然終わらなかった。

「じゃあ次は私の番だな♪　よし、シンにピッタリの服着せてやるからな！」

――レナと同じく、試着室に入ってきたニーナに裸にされ、僕は手早く着替えさせられた。

「よし、完成。ほんじゃお披露目といこうぜ♪」

「ちょ、ちょっと、ニーナ！　こんなの下着同然――」

　試着室から押されるように飛び出した僕を見た、レナとファナさんは目を点にした。

「シ、シン……いいかも」「ふむ。……さすがニーナといったところですね」

　二人の視線に思わず胸を隠して「み、見ないでぇ……」と、涙声が漏れる。

　ニーナの選んだ服。いや、これは服といっていいのだろうか？　紐で括られた金属の鎧。それも体の僅かな面積しか覆わない小さな破片のようなものが、股間と、乳房を守っている奇妙な服。これはもはや下着なのではないかと思うが。みんなはまるで気にしていない。

「やっぱ女剣士といえば、この水着鎧だよな。機動性も十分だぜ？」

　誇らしげなニーナの表情。褒めて褒めてとばかりに揺れる猫耳みたいなはね毛。そこにはまったく悪意やからかいの意志がないように見えて何も言えない。というか何故服屋にこんな防具まがいの物が置いてあるのだろうか？

「二人ともやりますね……では最後は私が本当に可愛いシンさんの姿をお見せしましょう」

　――三回目の試着室ともなれば、最早抵抗の意志など僕から消え失せていた。「はい、腕をあげてください♪」と子供扱いするファナさんの声に従い、服を着替えさせられた。

「――これが。これこそが私が選んだ最適解です」

「おい……」「そ、それって……」

ファナさんが僕に着せた服。それは彼女の前職である踊り子の衣装であった。布色は薄い緑で、下半身はひらひらとした腰布で殆ど露わな煽情的な姿。この服屋は本当に一体何なんだ？　僕が知らないだけで踊り子衣装を買う一般の人はそんなに多いのか？

「どうですか？　この恥じらいの合わさった美しさ。これで決まりでしょう？」

シスター服に包まれた豊満な胸を張り、ファナさんが鼻高々に言い放つ。これでいいと本気で思っているのか？　冷静で頼れる僕らのリーダーはどこに行ってしまったのだ。

「いや、女剣士なんだぜ？　やっぱここは水着鎧だろう！　なっ、シン好きだよな？」

ニーナが押し売りするみたいに水着鎧を見せつける。好きか嫌いかでいえば魅力的な衣装だが、それは眺める時の話で、自分で着用して外に出るなど考えられない。

「もう、二人とも！　シンが困ってるじゃない。シンはこういう可愛い服が良いよね？」

ファナさんとニーナを咎めながら、レナがフリフリとドレスを揺らす。三人の中では一番まともな選択肢だが、高そうだし、なにより僕みたいな一般の冒険者が着るには高貴すぎる。

「シンさん？」「素直に言っちゃえよ？」「私のだよね？」

三人が体を寄せて問い詰める。その強い圧に押され、唇をプルプルと震わせる。

わった。

が着ているような地味めなワンピースと下着を買うことを了承し、ちょっとした騒動は終

店内に響くような少女の嘆き。三人はそれに折れてくれたのか、最終的に町の女性たち

「──ボ、ボクは……普通の服でいいからぁぁ！」

絞り出すように喉を震わせる。そして、目を見開いて見つめる三人に言い放つ。

「ボ、ボクは──」

女の子の体になって、僕は少し期待していたことがある。この状態なら普段は気にして

しまう女性の体──乳房などへの興味が薄れてくれるのではないかと。

女体や誘惑に弱い。そんな自分から脱却できるきっかけになるのではと。

……結果としてそんなことはなかった。

まず、自分の胸にぶら下がった大きな乳房ですら気になる始末で、みんながいない隙に

鏡で見てみたり、好奇心を抑えられずに両手で触っては「んんぅ❤」と一人で嬌声をあげ

ていた。みんなの胸を揉む時とは違う背徳感。そして芯に響く快感に負けそうになる自分

がひどく矮小に思えたが、それでも誘惑には抗えなかった。

そして、三人の爆乳への関心も衰えることはなく、むしろ増していった。それというの

も、いつも積極的なみんなだが、僕が女の子の体になったのをいいことに、いつもよりも

服をはだけたり、恥じらいもなく肌を晒していたりするせいだ。順応が早すぎる。

そして女の子の体になって数日経った夜。ついに事が起こってしまった。

体を湯で洗い、眠ろうと下着でベッドに入った時、

「シン、一緒に寝よ?」「おい。独り占めすんなよ」「仲良く一緒に寝ましょうね❤」

同じく体を清めた三人が、一糸まとわぬ姿でぶるん❤　ぶるん❤　と乳房を揺らして現れたのだ。真っ白なレナの肌。日に焼けたニーナの健康的な肌。妖艶な彫刻のようなファナさんの肌。なんの恥じらいも見せずに、むしろ見せつけるように彼女らが迫る。

「み、みんな……！　せ、せめて下着くらい……着け……あうぅぅ」

「女の子同士なんだから気にしなくていいじゃない❤」ぷるるんと弾むレナの爆乳。

「そうだぜ。なぁに赤くなってんだよ?　にしし❤」たぷぷんと揺れるニーナの爆乳。

「もしかしてシンさんは……女の子なのに、おっぱいに興奮しちゃうイケナイ子なんですか?　ダメですよ❤　意識しちゃダメ❤」むぎゅんと両腕の間でひしゃげるファナさんの爆乳。

ベッドに両手をつき、襲い来る魅惑の肉体に怯み、僕は「あぅあぅ」と言葉にならない声をあげて距離を取ろうとする。けれどそんな抵抗も虚しく――たぷん❤

「逃げちゃダメ❤」「大人しくしろって❤」「はい。捕まえました❤」

三人が群がるように僕の体に抱き着いて、豊満な乳房を寄せる。体を押さえ込むと同時

に、僕の乳房を潰すように密着し、そのせいで快感が流れて体がピクンと反応してしまう。そしてみんなは慣れた手つきで下着を剥ぎ取り、まだ何も経験していない僕の女体を晒す。

「ふふっ。シンの肌、いつもよりすべすべで羨ましいくらい❤」

左側で抱き着くレナが恍惚とした表情で僕の肩や頬に指をつつつと滑らせる。男の体でされている時よりも何故か敏感に伝わるその感触。触れられた部位がくすぐったく疼く。

「ほら我慢しないで？　可愛い女の子のシンの声……聞かせてよ❤」

いつもの優し気な囁きとはどこか違うレナの声音。それは小動物を愛でる時のような柔らかさを感じさせる。そして、そんな愛すべき存在を可愛がるように彼女の指先が僕の小さくなった掌をくるくるとなぞり、筋肉の減ったふにゅんとした腕を流れ、肩、鎖骨と順番にたどり、膨らんだ乳房にゆっくりと、めり込む。

「ふふ、私たちより小(ち)っちゃいけど、柔らかくて可愛いおっぱい……撫でてあげる❤」

指先が円を描いて乳の上を回る。大きく、次第に渦を巻くように小さくなっていく円。指先が触れては「んんぅ❤」と喘ぎが漏れ、爪が掠(かす)っては「や、やぁ❤」と喜悦の声がこぼれる。そして、中心部。男の時から敏感だったそこに着いた指先が蕾を摘まむと、

「あ、あぁっ、レナぁ……ボク……ダ、ダメぇぇ……んぅぅ❤」

ビクビクと体が痙攣(けいれん)し、背筋から頭に向かって快楽が流れ、押さえつけることもできずに背中がベッドから浮き上がり、息が止まる。

「か、可愛い❤　シン、とっても可愛いよ❤　もっと、もっとして――」

「――おい、二人だけで楽しんでんじゃねーよ❤　……私にもさせろ❤」

レナの興奮した声を遮って、右耳に熱と共にニーナの甘い声が聞こえた。ゾクゾクと脳が震えるような感覚を味わった直後。彼女の唇が――はむぅ❤　と僕の耳朶を甘噛みする。

「――っっん！　あ、うぅは❤」

はむ、ちゅぱ、と耳が濡れた感触と熱に冒されていると、そこから侵入され頭の中をかき回されているみたいな快楽が響き、思考ができなくなる。激しい音と柔らかな愛撫。じんわりじんわり体の奥に快感を押し込むようなそれに、全身が上気して、汗が滴る。

「ちゅぱぁ、はむぅ❤　どうよ？　気持ちいいか？　シ・ン・ちゃん❤」

至近距離でからかうニーナの声。女の子の体でからかわれると、いつも以上の恥ずかしさを覚えると共に、いつもよりイケナイことをしている気分になって頭が混乱する。

「シンさん……女の子以上に感じてますね❤　それじゃあ、こっちは……どうかしら？」

乳首と耳をレナとニーナに弄られ、蕩かされているだけでどうにかなりそうなのに、まだまだ休ませないとファナさんの指がツンツンと下半身を弄ってきた。

「くすっ❤　女の子になっても、誘惑されたらすぐにとろとろに濡れちゃうんですね❤」

ファナさんの人差し指が小さな水音を立てて秘部の周りを焦らすようになぞる。それだけの行為で、蜜がとぷとぷと漏れて止まらなくなり、何かを求めて腰がカクつく。

「――シンさん？　女の子の気持ちいいこと、知りたいですか？　ほら、答えてくださ
い❤」
「ボ、ボクは……あんぅ❤　お、男でぇ❤　やぁ、あ、あぁぁ❤」
少し固い爪の先が僕の喘ぎを引き出すように秘部を伝う。それに合わせて摘まれる両
乳首。片耳は深く舐められ、もう片耳は指でさわさわと弄られる。もはや考えて答えを出
すことなどできず、ただただ、恥ずかしい姿で嬌声をあげるほかない。
「シンは気持ちよくなりたいもんね❤　たっぷり女の子の良さ知りたいもんね❤」
「ちゅぱ❤　ほら、言っちまえよ❤　可愛い声で『イかせてください❤』っておねだり❤」
興奮を掻き立てるみんなの柔らかな肉体。快感を高める手技。それらが僕を追い詰める。
未知の快楽。踏み出してはいけない世界へと甘く誘われ僕は――
「「「シ・ン・ちゃん❤　女の子イキしたいよね❤」」」
「ボ、ボクぅぅ……お、お、女の子イキさせてくだしゃいぃぃぃぃ……❤」
上も下も涎を垂らし、初めての快感で呂律の回らない声。そして無意識に左右に開いて
しまった両脚。浅ましいおねだりに、三人はそれぞれ満足げな笑みを浮かべて頷いた。そ
して、
「はぁい❤　乳首さん弄ってあげる❤　おまけに可愛い唇も貰っちゃうね❤」
レナが両手で僕のおっぱいを揉んで乳首を抓り、擦り、摘まみ。おまけに唇に接近し、

舌を絡ませて口内までも蹂躙する。快感で視界が明滅して、レナの顔が途切れて見える。

「そんじゃ、私は耳と……脇なんてどうだ❤　ほれほれ❤」

ニーナは耳を弄り回しながら、脇をこそばゆくくすぐり、僕の体の感度をどんどん高めていく。ゾワゾワとした感覚に頭の中が空っぽになり、気持ちいいしかわからなくなる。

「私はもちろん……シンさんのナカを可愛がってあげます❤」

「──っっっっ！　あ、ひぃぃん❤　あ、あぁぁぁぁん❤　んんぅぅ❤」

ファナさんの人差し指と中指が分泌された蜜によってにゅるりとナカに入り、ぐにぐに、じゅぽじゅぽと僕の体内で蠢（うごめ）く。自分の体を外から支配されているかのような違和感と、それに抗えない快感が同時に膨らみ、何もできなくなる。

「これだけじゃないですからね？　さぁ、もっと気持ちよくしてあげます❤」

空いてる手、その指先が陰核にそっと触れ、まず擦り、次いで摘まみ、そして軽く潰し、素早く擦る。それはナカで蠢く指先と連動し、僕の股間の奥の見知らぬ部位をキュンキュンと締め付けるように気持ちよく高めながら、どんどん動きを加速させていく。

「頭も、おっぱいも、体も、そしてナカも外も全部気持ちいいですよね？　ほら、このまま快感に──私たちに全部委ねてイっちゃいましょう❤」

「そうだよ。シンはイっていいの❤」「女の子イキしちまえ❤」

三人の言葉と激しくなる全身の責め。もはや肯定も否定も口から洩れることはなく、ただ「あ、あぁぁ❤　んんんぅ❤」と甲高いヨガった声が部屋に響くばかり。

そして、徐々に浮かびあがるような心地のまま、その時が来た。

「イって❤」「イけ❤」「イってください❤」

「――んんんんぅぅぅぅぅぅ❤」

喉を締められたような声が漏れると共に全身に大きな快感が流れ出し、体はビクンビクンと跳ね、頭が真っ白になる。そして力を込めていないのに秘部が痙攣したように収縮しては、お漏らしでもするかのように蜜をダラダラと垂れ流し続ける。

「ふふ、女の子の快感は……一回イっただけでは終わりませんよ❤」

囁くファナさんの言葉の通り、普段なら射精して終わりの快感が止まらない。お腹の奥や胸、頭を中から撫でられているような感覚がいつまでも続き、最終的に僕は涎をベッドに垂れ流し、潮を吹くまで絶頂を繰り返して意識を失った。


それからの話をしよう。

幸いにも僕の女体化はすぐに解け。今では何の問題もなく、すっかり元の体に戻っていた。

「可愛いシンともっといちゃつきたかったのになぁ」と残念がっていたレナ。

「まぁ、新しい世界を知れたってことで良かった良かった」とはニーナの弁。

「これでまたクエストを頑張れますね」と、すっかりいつも通りのファナさん。

　色んな発見や、女性の苦労を知り、僕はまた一つ大人になった。そして、今日も【白き雷光】の唯一の男として、周囲の男性たちからの怖い視線を浴びつつクエストに向かう。

　いつかの騒動を思い起こさせる洞窟での魔物討伐クエスト。僕は戦闘以外の部分にも注意しながら、順調に敵を倒し続けていた。その最中、

「おい、シン！　止まれ！　そこ罠があるぞ！」とニーナが叫び「例の女体化の罠だ」と僕に教えてくれたおかげで罠の前で踏みとどまれた。そんな僕をレナが窺うように見つめる。

「――ね、ねぇシン？　ちょっとだけ、その、もう一回……女の子してみない？」

　照れながらそう呟いた彼女。他の二人も口には出さずにどこか期待した瞳を僕に向けてくる。その圧の恐ろしさに震えながら僕は叫ぶ。

「も、もう女体化はこりごりでしゅぅぅぅぅぅぅ！」

あとがき

これは詐欺かもしれない。騙されるのではないかと危機感を覚えたことはありますか？　挨拶もせずに突然何を言っているのだと思われた方、申し訳ありません。初めまして、著者のはやほしです。……著者って名乗るの、少しこそばゆいですね。

話は戻って詐欺です。私はその危機感を味わったことがあります。それは年の瀬、いつものようにおっぱいを主題とした小説を執筆している時。とあるメッセージが届きました。『この小説をコミカライズしませんか？』そんな内容でした。

一体何を言ってるんだ？　『転スラ』などでおなじみのマイクロマガジン社様の名前を騙って、おいらを騙そうたぁ、なんたるふてえ輩だ。許せねぇ。それが第一印象でした。

しかし、ちゃんと読んでみるとそのメッセージは小説家になろう様が取り次いでくださった本物でした。次いで私が思い至ったのは、これは送り先を間違えているのではないか？　という疑問でした。しかし、それもまたすぐに消え去ります。その文面には爆乳に対する熱き思い。この作品を世に問うてみたいという編集者様の決意が溢れんばかりに滲み出ていたのです。それを読んで私は現実を受け入れ、同時にこう思いました。

――やべぇ。この人ぶっ飛んでやがる。

そんな経緯でコミカライズの打診を喜んで引き受け、後になって小説も出しましょうという流れに繋がり、改稿や大幅な内容の追加を加えてこの書籍が世に出回っております。

誤解をされたまま追放されたシン。そして彼を取り巻く爆乳美女たちの誘惑。俺ＴＵＥＥならぬ、おっぱいにＹＯＥＥＥ作品。楽しんでいただけたら幸いです。

それでは謝辞を。本作を見つけてくださった、コミカライズ担当Ｓ様。そしてノベル担当のＳ様。右も左もわからない自分と作品を後押しして頂き感謝しております。もしも、編集部内で変な目で見られたとしたら、頑張って耐えてください。

キャラクター原案とコミカライズを引き受けてくださった海老名えび先生。魅力的なキャラ、魅力的なおっぱいを生み出してくれて本当にありがとうございます。

小説のイラストを担当して頂いた、やまのかみ先生。海老名先生のデザインを基に、様々な魅力を付加して表現してくださったおかげで、キャラの内面が更に深まり、自分一人ではとても描けなかった世界が生み出せました。本当にありがとうございます。

そして、マイクロマガジン社様を始め書籍に関わってくださった各社様、取次様、書店様、なによりこの本を手に取ってくださった読者の皆様。小説を投稿し始めてから現在まで応援をしてくださった皆様。本当に感謝しております。

コミカライズ。そして願わくば二巻でお会いできることを祈っております。

爆乳たちに追放されたが戻れと言われても、もう遅……
戻りましゅう!
漫画 海老名えび
原作 はやほし
RideComics

ト・ク・ベ・ツに

連載中コミックの

見開きネームを

覗き見♡

過激なイラスト注意♥

ヒ♡ミ♡ツの爆乳パラダイスは!!!!!

ぼっ……
ぼくぅ……♡

おっぱい
楽しみ放題
だなっ♡

| 漫画 | 海老名えび | 原作 | はやほし

シンだけのおっぱいハーレムだよ♡
私たち大切な仲間と一緒に…い〜〜っぱい♡気持ちよくなりましょう♡
コミックライドアドバンスにて
連載中!!!!!!!!

ファンレター、作品のご感想をお待ちしています!

【宛先】
〒104-0041
東京都中央区新富1-3-7　ヨドコウビル
株式会社マイクロマガジン社
GCN文庫編集部

はやほし先生 係
やまのかみ先生 係

【アンケートのお願い】

右の二次元バーコードまたは
URL（https://micromagazine.co.jp/me/）を
ご利用の上、本書に関するアンケートにご協力ください。
■スマートフォンにも対応しています（一部対応していない機種もあります）。
■サイトへのアクセス、登録・メール送信の際の通信費はご負担ください。

GCN文庫

爆乳たちに追放されたが戻れと言われても、もう遅……戻りましゅぅぅ!

2023年10月27日　初版発行

著者　はやほし
イラスト　やまのかみ
発行人　子安喜美子
装丁　AFTERGLOW
DTP／校閲　株式会社鷗来堂
印刷所　株式会社エデュプレス
発行　株式会社マイクロマガジン社
〒104-0041　東京都中央区新富1-3-7　ヨドコウビル
[販売部] TEL 03-3206-1641／FAX 03-3551-1208
[編集部] TEL 03-3551-9563／FAX 03-3551-9565
https://micromagazine.co.jp/

ISBN978-4-86716-483-9 C0193

GCN文庫
『人斬り』少女、公爵令嬢の護衛になる
笹塔五郎
イラスト／ミユキルリア
『人斬り』少女、公爵令嬢の護衛になる
GCN文庫
2人の少女が紡ぐ
剣戟バトルファンタジー!!
「人斬り」の濡れ衣と引き換えに自由を得た少女と、国を背負った公爵令嬢。二人の出会いが、やがて王国の命運を左右する!
笹塔五郎　イラスト：ミユキルリア
■文庫判／好評発売中